— 書き下ろし長編官能小説 —

人妻肉林サークル

杜山のずく

竹書房ラブロマン文庫

目次

この作品は、竹書房ラブロマン文庫のために
書き下ろされたものです。

第一章　エロ過ぎる若妻

　そもそも、あの総務の娘《こ》が悪いのだ。霧島英人《きりしまひでと》は茶碗に残った飯をかき込みながら思い出していた。

「食べ終わったなら、片付けるわよ」

　妻の有里《ゆり》は言いながら、すでに片付け始めている。

「うん……」

　英人は生返事をすると、自分も空《から》の食器を持って立ち上がり、妻の後を追った。

　彼が会社で目撃したのは、若手のＯＬの下着だった。

　午後の外回りから帰ってくると、英人はいきなり見たくない顔に出くわした。

「やあ、これは霧島二等兵じゃないか。どうかね戦局は」

「小佐野《おさの》部長」

「軍曹でかまわんよ。互いに同じ釜のメシを食った仲じゃないか」

総務の小佐野は、十数年前に英人が入社したとき、オリエンテーションで組んだチームの監督官だった男だ。その当時から尊大で、その後、英人が営業部に配属され、課長にまでなったにもかかわらず、いまだにチームの上下関係を持ち出してくる。

そこへ、若いOLがやってきた。

「小佐野部長、倉庫に資材を取りに行ってきます」

「ああ、頼むよ。そうだ、悪いんだが霧島くんも手伝ってあげてくれないか」

急に平社員のやるような用事を頼まれた英人は鼻白《はなじら》んだが、役職は向こうが上だ。

「ええ、いいですよ。帰ってきたばかりですし」

「そうか、助かる。頼むぞ、二等兵」

「軍曹」に皮肉は通じない。しかたなく英人はお使いに応じた。くそっ、なんで営業の俺がこんな雑用を手伝わなきゃならないんだ――ストレスが胃をチクリと刺す。

その表情を認めたのか、同行するOLが気の毒そうに言う。

「すみません、あの……余計なことをさせてしまって」

「え？　ああ、いやあいいんだよ。今日は早かったんだから」

「でも、本当に助かります。コピー用紙とか重いから」

重そうなジェスチャーをしてみせるＯＬを見て、英人は思わず笑みをこぼす。彼女も上司の横暴には普段から困っているのだろう。

（そういえば、この娘《こ》はなんて名前だったろう）

ふとＯＬの横顔を見るうち、彼女の名前を思い出せないことに気づく。日頃はあまり総務に近づかないため、どうにも顔と名前が一致しない。年は二十七、八だろうとは思うのだが。そろそろトシだろうか。

「こっちです、霧島課長」

「ああ、うん」

地下の倉庫に着いて、彼女に先導されて奥へ進む。俺の名前を覚えているんだな、と思うと、些細《ささい》なことだと分かってはいても、英人の頬《ほお》は緩《ゆる》んだ。

やがてＯＬはお仕着せの制服できつそうにしゃがんだ。

「この下の箱が二つ、いるんです。そっちから引っ張ってもらえますか？」

「おお、わかった。これね」

英人は反対に回り、しゃがんで身を伏せるようにして、棚の下にある重そうな箱を引きずった。

正面からＯＬが覗《のぞ》き込んで、こちらを窺《うかが》う。

「大丈夫ですか。それ、すごく重いんです」

「ああ、確かに。でもまあ——よいしょ、っと」

箱を引きずりながら、英人が声援に応えようと顔を上げたときだった——膝をついたOLのスカートがずり上がり、太腿《ふともも》の奥がかすかに見えたのだ。

（あ。白いパンティ）

微小な三角は幻かと思えるほどだったが、内腿の暗い翳《かげ》りのなかで、燦然《さんぜん》と輝く白色矮星《わいせい》のようだった。齢《よわい》四十を迎え、仕事に追われる毎日、すっかり過去のものと忘れかけていた英人のリビドーが、復活の狼煙《のろし》のごとく脈動をはじめる。

（あの蒸れた股間にむしゃぶりつきたい）

下半身の妙な重苦しさは、久しぶりのものだった。だが、英人も自分が若くはないと知っている。一瞬燃え盛った獣欲は抑えつけられ、ビジネス用の顔を取り戻した。

「これ二つは重いに決まってるよ。よし、総務まで運んであげよう」

「本当に助かります。ありがとうございます、課長」

昼間、会社でそんなことがあったのだ。些細なことかもしれないが、胸の奥に引っ掛かったまま離れなかった。

キッチンでは、有里が流しに向かい、洗い物にかかっている。

「これも頼む」

「うん」

空の茶碗を妻は振り向きもせず受け取った。

だが、英人は立ち去るでもなく、一歩下がった辺りでグズグズしている。

気配で感じ取った有里がつっけんどんに言う。

「なに？」

「いや……別に」

「なら、邪魔。お風呂なら沸いてるよ」

優しさもないではないが、どうも邪険にされている気はする。英人は唸った。

結婚して十年、四つ年下の有里は今年で三十六になる。新婚当初は周囲も羨《うらや》むラブラブカップルだった。しかし世の習い通り、年数を重ねるにつれ、恋人から家族へと変わっていく。子供がいなくても、事情は同じだった。

英人も昨日まではそれで平気だった。夫婦仲が悪いわけではなく、妻とはそれなりに会話もある。

だが、昼間に見た総務の娘のパンティは、今も頭を離れない。

（よく考えたら、有里だってまだ女盛りのはずだしな）

水仕事をする妻の後ろ姿を眺めて思う。有里はどちらかというとスレンダーだが、尻は肉感的だ。部屋着でよく見る茶色のロングスカート越しにも、ぷりんとしたヒップがこぼれそうなのがわかる。

「なあ、有里」

英人はおもむろに両手で妻の尻っぺたを撫でた。

ところが、有里は邪険に尻を振って愛撫を避ける。

「なんなのよ、もう。洗い物してるのよ、わかるでしょ」

「たまにはいいじゃないか」

食い下がる英人はすでに股間に重苦しさを覚えている。ＯＬのパンティ。純白のクロッチが脳裏に焼き付いていた。その奥に秘められた花園。

撫で回す手が尻の割れ目に這っていく。

「そうだ。一緒に風呂に入らないか」

英人としては精一杯譲歩したつもりだった。

しかし、結婚生活十年の倦怠《けんたい》はそれ以上だった。

「やめて——あ、思い出した。あなた、明日定期検診だったはずでしょう。まだ病気してもらうわけにはいかないんだから、ちゃんと行ってよ」

いいムードになるどころか、なんとも現実的な話にすり替えられている。英人も妻の態度に白《しら》けてしまった。

浮気を疑わないではないが、有里がそんな女ではないことは確信している。

「わかってる。ちゃんと予約もしてあるよ」

「なら、さっさとお風呂入ってきて。早く寝てちょうだい」

「ああ、そうする」

英人は恨めしそうに有里の脹《ふく》ら脛《はぎ》に一瞥《いちべつ》をくれ、キッチンを後にした。


翌日、病院で定期検診を終えた英人は、診察室で主治医の上田と対峙《たいじ》していた。

「少し血圧が高めに出ているけど、ほとんど平常値だね。あとは特に問題なし。健康体といっていいですね」

「そうですか。はあ」

「何？　どこか調子の悪いところでもある？」

上田医師とは結婚してすぐからの付き合いで、もう十年になる。大分年上ということもあり、友人の少ない英人はつい心を許してしまう。

「いえ、具合が悪いということじゃないんですが……。その、先生はいつ頃から奥様とは——なくなりました?」

すると、上田はしばらくキョトンとした目で見つめ返してきた。

マズイことを言っただろうか——英人が後悔しかけたとき、医師が口を開いた。

「なくなったか、って、セックスの話? え、もしかして霧島さん、その若さでもう勃起《ぼっき》しなくなっちゃった?」

「いや、その……勃起しないわけではないんですけど。じゃあ先生はまだ現役でいらっしゃる」

「いらっしゃるよ、もちろんね。えー、だって私、霧島さんより一回り上だよ。なに、奥さんとうまくいってないの」

どうやら上田は五十を超えて、なお夫婦の営みが普通にあるらしい。英人にとっては衝撃だった。自分がどこか異常なのかもとすら疑ってしまう。

「妻とは仲いいです。会話もありますし」

「ふーん、なら倦怠期《けんたいき》かな。飽きちゃったってやつだ」

「まあ……どうなんでしょうか」

英人は口ごもる。主治医のあまりにあけすけな質問に答えようがなかったのだ。

しかし、彼は患者をからかっているわけではなかった。

「わかりました。いい人を紹介するよ。小比類巻泉《こひるいまきいずみ》という女性なんだけどね、霧島さんみたいな夫婦にピッタリのサークルをやっているんだ」

「サークルですか」

「うん、きっと気に入るよ」

英人の悩みを解消してくれる場所があるというのだ。

だが、気軽に提案された割に、詳しく話を聞いていくと、かなり訪ねるのには勇気がいりそうだった。なんと上田医師が紹介してくれるのは、夫婦で参加する不倫サークルだというのだ。


帰宅してからも、英人はしばらく考えあぐねていた。

(有里が賛成するわけないよな)

主治医が紹介してくれた女性の名前がずっと頭を離れないでいた。だが、どう考えても妻に不倫サークルに行こうとは言えない。

思い惑いながら夕食を終え、気付くと入浴も済ませている。英人はパジャマ姿で見てもいないテレビをぼんやりと眺めていた。

「ハア、気持ちよかった。今日は汗かいちゃったからスッキリした」

有里が言いながら、色違いのパジャマでリビングに現れた。濡れた長い髪は、バスタオルで巻いている。

(そういえば、最近有里が髪を下ろしているのを見ていないな)

元来セミロングの豊かな髪が似合う彼女だったが、家ではほとんど引っ詰めにしている。英人はふと思うと同時にソファから立ち上がる。

「一杯やらないか」

「え？　うん、もらう」

「じゃあ、俺が持ってくるよ」

キッチンへ向かう英人の背中に、「珍しいわね」と妻の声がかかる。酒が苦手な英人は普段家で飲むようなことはない。一方、独身時代の有里はよく飲み、酒の席も嫌いなほうじゃなかった。しかし結婚してからは、夫に合わせてかあまり飲まなくなっていた。「酒は好きだが、飲まなくても平気」ということらしい。

缶ビールとコップを二つ持って戻ってくると、有里は床に尻を据《す》え、ソファの座面を背もたれにして座っていた。

英人がコップにビールを注《そそ》ぐ。

「ほい、冷たいの」

「わあ、ありがとう。どうしたの、今日は大サービスじゃない」

「たまには。ほら、乾杯」

「乾杯。いただきます」

バスタオルのターバン姿のまま、有里は泡の立つビールを呷《あお》った。

「ぷはぁ、おいし。お風呂上がりのビールなんて久しぶり」

「本当に美味《うま》そうに飲むな」

英人もコップを傾《かたむ》けるが、喉《のど》に流し込む量は妻よりずっと少ない。

定位置に収まり、膝を抱えた有里は小柄だ。そういえば――英人は思い出す。彼女が実は一五三センチしかないと知ったときは意外だった。かつての有里はいつもヒールを履《は》いていたし、何より華《はな》やかで、実際《じっさい》よりスラリと見えていたものだ。

小柄だと最初に判明したのは、初めて彼女を自宅に呼んだときだった。靴を脱いで家に上がり、抱き寄せたときにふと気がついたのだ。

(あの頃は、有里もスケベだったんだよな)

付き合いたての頃の記憶が蘇《よみがえ》り、英人は勇気を奮《ふる》い起こす。

「なあ、今日先生と話していたんだけどさ――」

「いや、そういうんじゃない。体は健康だってさ。俺たち夫婦のことだよ」

「どこか悪かったの」

「どういうこと？」

ビールでご機嫌だった有里の表情が疑いで曇る。

英人は一口ビールを飲んでから続けた。

「つまりその、先生が言うわけだよ。結婚して十年も経った夫婦には、何か新しい刺激が必要なんだって」

下手《へた》な導入だが、有里はおとなしく聞いている。

「それで、ちょうどピッタリなサークルがあるらしくて。あの先生が太鼓判を押すくらいだから、間違いはないと思うんだけどな」

「サークルってどういうことよ？　ちょっと意味がわからないんだけど」

有里が戸惑《とまど》うのも無理はない。英人の説明はあまりに稚拙《ちせつ》だった。だが、夫の表情に何かを読み取ったのだろう。妻は賢明に話の筋を追っていった。

「つまり、先生に夫婦向けのサークルを紹介されたというわけ？」

「そ、そういうこと」

「どんなサークル？」

「夫婦が参加して……その、俺たちだけじゃなく、何組もの夫婦が参加していて、互いの欲求不満を……要するに、何というか」

「まさかスワッピングするんじゃないでしょうね」

「ス、スワッピングって……。お前なんでそんな言葉——いや、言葉はいいけど、ちがうよ。そういう乱交パーティーみたいなのじゃなくて、ちゃんとした主催者が、ピッタリのパートナーを選んでくれる、会員制のサークルなんだよ」

どう言い繕《つくろ》っても、弁解じみてしまう。英人は自分が必死になっているのがわかった。妻はどう思うだろう。できることなら、この話の最初からやり直したいくらいだった。

ところが、意外なことに有里は考え込んでいるようだ。

「そうね」

と言ったきり、黙ってしまった。

風呂上がりにすっぴんの有里は幼く見える。三十六になった今もそれは変わらない。どちらかというと化粧映えのする、派手な顔立ちなのだが、メイクを落とすと、丸い小鼻やおっとりとした二重《ふたえ》まぶたが見た目を幼くするのだった。

英人はそのどちらの有里も好きだった。取引先に勤めていた彼女に惹《ひ》かれたのも、最初はほとんど見た目の美しさからだった。

やがて二人は結ばれた。

美人は三日で飽きる、というが、英人は少なくとも一年半ほどの間は飽きることを知らなかった。顔を合わせるたび、二人でいられる時間はほとんどといっていいほど肉体を求め合った。若い有里も貪欲《どんよく》だった。しかし、いつしか二回に一回となり、三回に一回となり、結婚するとさらに間が空いて――。

(だけど、いつから、なぜ、そうなったんだろう)

夫婦の営みから遠ざかってから、気付くと大分経つ。だが、そうなる決定的な出来事となると、まるで思い当たらないのが苛立《いらだ》たしかった。

いつしか有里はビールを飲み干していた。

「そうね、ちょっと覗いてみるくらいならいいかもね」

「え。それって……」

思わぬ返答に英人は喉が詰まる。有里が笑った。

「行ってみようよ。なんか楽しそうだし」

「そうか。うん」

まさか妻が賛成するとは思わなかった英人だが、こうなったら覚悟を決めるほかない。彼は緊張の面持《おもも》ちで、医師に紹介された番号に電話をかけた。


週末の夜、霧島夫妻が訪ねたのは、とある高級マンションだった。

エントランスからコールし、オートロックが開くと英人が呟《つぶや》く。

「もっと鬱蒼《うっそう》とした、森の中にある一軒家かと思った」

広いエレベーターホールは床も壁も大理石の仕上げで、自分たちの暮らすマンションとは大違いだ。

「そう？　こういうマンションのほうが『っぽく』ない？」

有里はノースリーブのワンピースの肩にショールを巻いていた。数年ぶりに見る衣装だ。今日は髪を下ろし、メイクもバッチリ決めている。

小比類巻泉の部屋は十二階にあった。

廊下はホテルのごとくカーペットが敷かれ、壁には絵画が飾られている。英人は緊張の面持ちでインターフォンを鳴らした。

「先日、連絡差し上げた霧島ですが」

「どうぞお待ちしておりましたわ」

華やいだ大人の女性の声が答えると、すぐにドアが開いた。

「ようこそいらっしゃいました。わたしが小比類巻でございます」

現れたのは、フランス映画の愛人役で出てきそうな美熟女《びじゆくじよ》だった。結い上げた髪はわざと後《おく》れ毛を垂《た》らしてアンニュイな雰囲気を出し、シルクのような素材の、やや長めのガウンをラフに羽織《はお》っている。見える膝から下は素足で、毛足の長いルームシューズを履いていた。

(いい女だな)

英人は女主人の妖艶《ようえん》さに思わず息を呑んだ。

かたや泉は二人を中へ案内しながら、有里の様子をしげしげと眺める。

「まあ、お美しい奥様ですわね。聞いていたより、ずっとお若いみたい」

「とんでもありませんわ。今日はたまたまで——それに、奥様のほうが」

「泉、と呼んでくだすってよろしいのよ」

「あ、ええと、い、泉さんのほうが、ずっと綺麗でいらして驚いているんです。こんな恰好でいるのが恥ずかしいくらい」

有里も泉の美しさに感動しているようだ。だが、彼女の場合、いかにもセレブリティーなインテリアなどが相まって、感銘を受けているのかもしれない。

通されたのは、二十畳はあろうかというリビングだった。

「そちらへどうぞお掛けになって。いま、お茶を淹《い》れて参りますわ」

「どうかお構いなく」

英人は緊張してそう言うのが精一杯だった。

夫婦だけになると、有里は遠慮なく部屋をぐるりと見回した。

「高いんでしょうね、この部屋。賃貸だといくらするのかしら」

「まさか賃貸じゃないだろう。場所もいいし、分譲の億ションてやつじゃないか」

「でしょうね」

それきり会話は途切れてしまう。インテリアの善し悪しなどわかるはずもないが、一つ一つが高級な品であろうことくらいは見当がつく。いかがわしい不倫サークルの巣窟とは、とても思えない。あの女主人の個人的な資産か、もしくは金持ちのパトロンでもいるのだろうか。いずれにせよ、自分たちには縁遠い世界だった。

ソファの沈み具合にようやく尻が慣れてきた頃、泉が銀盆を持って戻ってきた。

「特製のハーブティーなんですけど、お紅茶のほうがよかったかしら」

「いえ、本当にお構いなく」

「わあ、いい香り。あたし、大好きですのよ。ハーブティー」

堅苦しい英人に比べ、有里は開けっ広げに喜んだ。女同士であるぶん、夫より親近感が湧くのが早いのだろうか。しかし、普段とは違う言葉使いに、まだ主婦の警戒感が表われているようにも感じられる。

対面に座る泉は、自分のカップを両手で支えて一口啜《すす》った。

「うん、よく香りが出ているみたい。有里さんもどうぞ」

すると、有里も相手を見つめてカップを手に取る。

「ええ——わあ、芳醇《ほうじゅん》な花の香り。すっと心が落ち着きます」

女たちのやりとりを眺めるうち、英人は妙な疼《うず》きを覚えた。

(いい女だな、しかし)

医師の話では、泉は彼より二つほど年上らしい。四十になってから年上の女に深い興味を抱いたことはなかったが、彼女は別格に思える。しかも、不倫サークルの主催者なのだ。男として興味を持つのは当然だろう。

一方、有里もいつもとは違って見える。妻がよそ行きの顔をして、飾った言葉で話す姿は新鮮であり、家では決して見られない情景だった。

英人がぼんやりとそんなことを考えていると、泉がふと思い出したように言う。

「そうだ、まだわたくしどものお話をしていませんでしたわ。英人さん——でよろしいかしら——は、先生からどう聞いていらっしゃるの」

急にお鉢の回ってきた英人は慌てて答える。

「ええ……ああ、そうですね。なんでも、僕たちみたいな長年連れ添った夫婦に……その、別の扉を開いていただけるという――」

どうしても罪悪感が伴《ともな》い、「不倫」というワードが使えず、回りくどい言い方になってしまう。だが、泉は我が意を得たりとばかりに膝を打つ。

「そう、別の扉。いい表現ですわ。それこそうちにピッタリの言葉」

テーブルにカップを置いた彼女は、背もたれに体を預けながら、ゆったりと片方の脚をもう一方に重ねる。

その瞬間、ほんのゼロコンマ数秒だが、ほとんど羽織っただけのガウンの裾がはだけて、熟女の生々《なまなま》しい内腿が垣間見えた。

（ごくり――）

思わず生唾《なまつば》を飲み下す英人。音を立てずにしたつもりだが、気付くと有里が隣から視線を送っている。

（なんだよ。わざと見たわけじゃないからな）

妙に反発心を起こした彼は、心の中で言い訳してしまう。

大体、有里はここへ来てどう思っているのだろう。「覗いてみるくらいなら」と言っていたが、いざ訪ねてみると、泉とは早速ある種の共感を抱いているらしい。

（まさか本当に他人とするつもりじゃ――）

自分から誘っておいて、英人は矛盾した思いに揺れている。

すると、泉がふいに立ち上がった。

「では早速なんですが、当サークルの活動方針に慣れていただきましょうか」

「はあ。あの……」

「まずは英人さん、あなただけいらして」

「えっ……」

突然の展開に戸惑う英人。しかし、いずれにせよ泉に主導してもらわなければ、何も先に進まないのだ。

「じゃあ、ちょっと行ってくるよ」

「うん」

英人が言うと、有里は短く答えた。彼女の視線が、〝わかっているでしょうね〟とでも言っているように感じられ、彼は思わず顔を背《そむ》けるようにして立ち上がる。

「こちらへどうぞ」

「はい」

リビングから扉を出て、廊下を進み、突き当たりのドアへと向かう。

先に立つ泉は、しゃなりしゃなりと腰を振って歩いた。薄い生地越しにくっきりと尻の形が浮き出ている。うなじから肩付近までの肌が露《あら》わだった。

(これこそ大人の女というものだ)

英人は熟女の色香に酔い心地となり、吸い寄せられるようについていく。

「こちらよ」

泉は言うなりほぼ立ち止まることなく、ドアを開いて室内へと滑り込む。一瞬、姿が消えたかと思うほど滑らかな動作だった。

慌てて後を追う英人は、室内を目にして驚く。

「これはすごい」

寝室だ。広さはリビングほどないが、豪華な天蓋《てんがい》付きのベッドにさりげなく置かれたオブジェなど、ここが日本だとはにわかには信じられない。

ベッドの傍《かたわ》らに立つ退廃的な泉の佇まいが、部屋のムードに似合っている。

「ご紹介しますわ。こちら、犬山美佳《いぬやまみか》さん」

「初めまして、美佳です」

天蓋ベッドの側面を覆《おお》うベールが開かれると、黒髪豊かな妙齢の美女が現れた。若い。英人が美女を見た第一印象がそれだった。少なくとも三十は越していないだろう。瓜実顔《うりざねがお》に涼しい目をした女は、上下白のサマースーツを着て、ゴージャスなベッドの上に横座りしていた。

「初めまして。その……霧島です」

「英人さんって仰《おつしや》るのよ。真面目なお勤めの方。英人さん、あなたももっとリラックスしてくださいな」

「そうよ。英人さんもこっちへ来て」

「あ。はい」

世代の違う美女二人に促《うなが》され、英人は夢心地で言うなりになる。まるで地に足がついていない感じだ。毛足の長いカーペットの上をフワフワと漂《ただよ》い、紗《しや》のベールがかかった桃源郷へと足を運ぶ。

最後は、泉が押し込めるように彼をベッドに腰掛けさせた。

「じゃあ早速ですけど、後はお二人でよろしくやってちょうだいね」

そう言って立ち去ろうとする泉に向かって、英人は慌てて声をかける。

「ちょっ……泉さん。よろしくと言われても、どうしたらいいのか――」

「あら」

つと立ち止まり、顔だけ振り向ける泉。美佳も口添えする。

「英人さんは初めてなんでしょう？　本当に真面目そうだし。泉さん、もう少し丁寧に指導してくださらないかしら？」

「そうね。わかりましたわ」

再び泉はベッドの近くまで来た。英人は膝に手を置いて謹聴する。

「ここが何をする場所なのかは、もう英人さんもご存じのはずよね——そう、既婚者たちが悦《よろこ》びを解放させるの。わたしは英人さんが最初に出会うのが、美佳さんならピッタリだと思った。美佳さんも、あなたが相手になることは承知よ。さあ、ここまでお膳《ぜん》立《だ》てしたら、あとは大人同士。遠慮することないわ」

「え、ええ。仰ることはわかります。しかし——」

最初から不倫サークルと謳《うた》っているのだ。すると、ここにいる美佳もおそらく人妻なのだろう。閉鎖された空間で、互いに行為を承知した大人同士、泉の言うとおり遠慮することなどないのだが、彼はためらった。

(すぐ近くに妻がいるんだぞ)

結婚して十年、浮気じみた真似もせず、このところ性交渉から遠ざかっている英人にとって、いきなり妻の目と鼻の先で不倫せよと言われても、そう素直に飛びかかれないのは無理もないことだった。

そうして彼がグズグズしていると、ガウンのどこから現れたのか、泉の手に小さなレコーダーのような物があった。

「本当はね、こんなもの出すつもりじゃなかったの。でも、英人さんの踏ん切りがつかないって言うなら、聞いてもらうしかないみたいね」

「なんですか、それ」

「わたしも興味ある。泉さん、聞かせて」

美佳も調子を合わせて煽《あお》った。泉は機械のスイッチを入れる。

すると、しばらくはノイズしか聞こえなかったが、まもなくくぐもった男女の声が流れ出した。

だが、ただの話し声ではない。息遣いが荒く、ときおりあからさまな淫語《いんご》も混じっているのだ。どうやら肉交している実況音声らしい。

「なんですか……これは」

それでも英人には訳がわからない。なんでこんなものを？　泉は音声を流したまま真相を明かした。

「これはね、録音じゃないの。いまリビングで聞こえている、生の声よ」

「やだあ、盗聴器つけてるの？」

美佳が茶化すように訊ねる。泉は答えた。

「いつもじゃないわ。今日は特別。英人さんのためよ」

「えー、なにそれ」

美佳は愉快そうだが、英人は冷静ではいられない。リビングということは、これは有里の声ということになる。嘘だ。自分が部屋を移動している少しの間に、妻はもう他の男と乳繰り合っているというのか。

小さなスピーカーからは、妖しい音声が流れ続けていた。

〈ダメ……けません、そんなとこ……〉

〈……なに濡れているじゃありま……〉

〈あっ、イヤ……そこ……〉

〈……くさん、ああ、奥さんオマ×コおいし……〉

〈あ……イ………〉

電波の調子が悪いのか、音はブツ切れで、なおかつスピーカーを通しているからだろう、声音《こわね》は英人の知っている有里と同じか、自身がない。

しかし、細かい部分は今の彼にとってどうでもよかった。

「小比類巻さん、こんなの聞いてませんよ。今すぐ止《や》めさせてください」

気色《けしき》ばんでベッドから立ち上がろうとする英人。だが、泉は落ち着いたもので、なだめるように彼の手を取り、傍らに腰を下ろす。

「それでいいの。英人さんの反応は正常なものだわ」

「だったら……」

「ええ。言いたいことはわかる。誰だって、奥さんが他人に抱かれているなんて認めたくないものね」

泉は子供に言い聞かせるようにして諭《さと》す。だが、英人は混乱したままだ。

「当たり前でしょう？　第一、今日初めて伺《うかが》ったのに、いきなりなんて――」

「あら、英人さんもそのつもりでいらしたんじゃないかしら？　それとも、ほんの冷やかしのつもりだったとか？　だとすれば困るわ。ここにいる美佳さんにしても、うちに来ていることを世間に知られていいわけがないんですもの」

「いや、それは……ええ」

熱くなりかけていた英人は冷水を浴びせられたようだった。誰に騙《だま》されたのでも強制されたわけでもなく、あくまで自分たちの意思で訪れたのだ。常識人の彼は、泉の言うことに筋が通っていると認めざるを得なかった。

彼の表情に変化を認めた女主人は、すかさず追い打ちをかける。

「大抵のご夫婦がそうなんだけど、案外奥さんのほうが割り切っていらっしゃるものよ。少し厳しいことを言えば、男性は妻を所有物と考えがちだからでしょうね。奥さんが一人の独立した女性だってことをなかなか理解できないものなの」

「はあ。まあ、それはわかりますが」

気付くと盗聴音声は切られていた。静かな部屋に泉の声が響く。

「ね。ですから英人さん、あなたも抱え込んでいた欲望を吐き出せばいいの。それともこれまで一度も、たとえ頭の中だけであれ、他の女性を見て性欲を覚えたことがないなんて言える？」

「それは……ありますよ。男ですから」

英人は渋々認めながら、総務の娘のパンティを思い浮かべていた。

泉は彼の答えに顔を輝かせると、手を離してベッドから立ち上がる。

「でしょう？　女も同じなの。ね、美佳さん」

「もちろん。性欲は男女同権ね」

美佳も調子を合わせる。英人はなんだか言いくるめられた気がしつつも、反射的に色をなした自分の態度が、子供じみていたように思えてきた。

「わかってもらえたようでうれしいわ。じゃ、美佳さんあとはよろしく」

泉はそれだけ言うと、寝室から去って行った。


「やっと二人きりになれたみたいね」

美佳のさりげない言葉に、英人はドキッとする。

「はあ……あの、霧島と申します。よろしくお願いします」

四十男の堅苦しい挨拶に、美佳は目を細める。

「やだあ、自己紹介ならさっきしたじゃない。英人さん」

「あ……そうでした。失礼しました、つい――」

「緊張してるのね。いいわ。ほら、もっとこっちに来て。ベッドはこんなに広いのよ」

女の子座りした美佳が、ベッドのスプリングを試すようにポンポン叩く。

(これから俺はこの女とヤルのだ)

英人が自分に言い聞かせるのは、それだけまだ戸惑っているという証《あかし》だった。

結婚してから彼はかつて一度だけ、会社の先輩に連れられて、風俗店に行ったことがある。浮気とも言えないものだが、それでもその夜は罪悪感で妻の顔をまともに見ることができなかった。

だが、今回に関しては、妻も一緒に来ているのだ。

(今頃、有里は——)

泉に聞かされた盗聴音声が頭から離れない。そうだ、これは浮気ではない。ある意味、夫婦で共有している体験なのだ。何も恐れることはない。

そんな風に彼が葛藤していると、美佳が焦《じ》れったそうに寄り添ってくる。

「ねえ、どうしたの。わたしなんかじゃ、ご不満？」

「あ。いえ、そんな……。すごく綺麗な方なんで、つい緊張しちゃって」

「あら、お上手言って。英人さんって、案外食わせ者なのかしら」

美佳は言いながら、ベッドの隅《すみ》に腰掛ける英人の背中に覆い被《かぶ》さってくる。

スーツ越しだが、女体の温《ぬく》もりが英人の心臓をトクンと鳴らす。

(すごくいい匂いがする)

甘い香りの正体は、美佳の付けている香水と思われるが、それだけではない。彼女の肉体そのものから発する、若い女特有の体臭や吐息が入り混じったものだ。それは鼻孔を通じて、彼の忘れかけていた情熱を呼び覚ますような気がした。

さらに、美佳は耳元に唇を寄せて囁く。

「もっとリラックスして。みんなしていることなんだし」

「ええ」

「ほら、それ。もう敬語はよして。わたし、商談相手じゃないのよ」

「え……うん。そうだった」

「英人さん」

「何？」

「英人さんのオチ×チンを触っていい？」

「え……」

彼が答える前に、すでに美佳はズボンの上から股間をまさぐっていた。

「あー、ふっくらしてきてる。興奮してくれてるの？」

「そ、それは、そんな風に触られたら——」

「大きくなあれ、大きくなあれ」

次第に屹立《きつりつ》し始めた肉棒の形をなぞるように撫でる美佳。幼児をあやすような語りかけが、英人のリビドーを刺激する。

「みつ、美佳さん。それ」

「んん？　なぁに、気持ちいーいの？　もっとする？」

「も、もっとって……はうぅ」

さっきまであれほど逡巡《しゅんじゅん》していた英人だが、女に密着されて、甘く囁かれ、ズボン越しに扱《しご》かれただけで、もう悦楽の虜《とりこ》になりかけている。

(有里だって楽しんでいるんだ。俺だって)

繰り返し、心の中で自分に言い聞かせ、この状況を受け入れようとした。だが、どんな自己暗示よりも、若い女の愛撫のほうに説得力があった。

「ふうっ、ふうっ」

血流が逸物に流れ込み、肩で息をする英人。

美佳は巧《たく》みに彼のベルトを外し、ズボンのチャックも下ろしてしまう。

「ああ……」

英人は思わずため息を漏《も》らす。勃起した肉棒が、トランクスの前開きからぴょこんと飛び出していた。

「すごい。こんなにギンギン」

頭の後ろで美佳のうれしそうな声がした。英人は出会ったばかりの女に逸物を見られ、恥ずかしさとともに、言い知れぬ解放感を覚え、女体への飢えがムラムラと湧き起こるのを感じた。

だが、しばらく営みのない彼には刺激が少々強すぎた。

(ヤバイ、もうイキそうだ)

指先でカリ首を軽く擦《こす》られているだけで、すぐにも射精してしまいそうなのだ。

「どうしたの。黙り込んじゃって」

美佳は言いながら、本格的に太茎を握り込んできた。

ここで果てたくはない。英人は目を瞑《つむ》り、冷静になろうとする。

ところが、美佳はそう簡単に許してはくれない。

「すっごい、カッチカチ。ほら、シコシコシコシコ」

「み、美佳さん……」

絡《から》みついた手が肉棒を扱きたてた。マズイ。陰嚢《いんのう》の辺りから溜まりに溜まった欲情が、怒濤《どとう》のごとくこみ上げてくる。

「ちょっ……ストップ」

ついに英人は女の扱く手を止めさせた。

「ん。どうかした?」

「いや、ちがうんだ。その——美佳さんは、どうしてここへ?」

他愛なく手コキでイかされようとしているのが恥ずかしかった、とは言えず、英人はとっさに質問を投げかける。

するると、ようやく美佳の手淫が止まった。ペニスは握ったままだ。

「なんで？　そんなこと、気になる？」

「いや、だってうちみたいな十年選手ならともかく、美佳さんみたいな若くて綺麗な奥さんが、どうしてだろうと思って」

「あー、そういうこと」

美佳はしばらく黙っていたが、やがて口を開いた。

「──いいわ。あのね、玉《たま》の輿《こし》ってあるでしょ？」

「え。うん」

「わたし、それなの」

英人はどういうことかと訝《いぶか》しんだが、説明を聞くと明らかになった。

美佳の実家は貧しく、幼少の頃から父親がいなかったという。母親は女手一つで娘を育て上げたものの、無理が祟《たた》ってほとんど寝たきりになってしまった。

「それで、お金に困っているときに、出会ったのが今の旦那だったの」

夫である犬山氏は、いわゆる資産家だった。おかげで母親にも十分な療養をさせることができたが、問題はその夫が七十近い年寄りだったことだ。

「いわゆる年の差婚ってやつね。でも、それが悪いというんじゃないの。だって、旦那はとてもよくしてくれているもの。ただ――」

平凡な家庭に育った英人には、十分衝撃的といえる内容だった。親のため、半ば身売りのようにして玉の輿に乗るなどという話が、実際に存在するとは。一方、美佳の美貌を見れば、老いた金持ちが色好みで娶《めと》るというのも納得できる。

しかし、美佳の告白はこの先が肝《きも》だった。

「――ただ、いくらいい人と言っても、お爺ちゃんでしょ。勃《た》たないのよ」

「ああ……」

今どきの老人は若いというが、下半身の機能については、やはり人それぞれなのだろう。芸能人が七十過ぎて子供を儲けたという話も聞くが、それなどは特殊な部類になるのかもしれない。

「初夜はビックリしちゃった。だって彼、舐《な》めるだけなんだもの。それでも最初は満足していたんだけど、わたしだってまだ若いし」

美佳は独白を続けながらも、またぞろペニスを弄《いじ》りだした。

驚いたのは英人だ。

「あ、ちょっ……美佳さん」

貧苦を乗り越え、身を犠牲にした過去に憐れみを感じ始めていただけに、不意打ちの快楽に腰が引けてしまう。

だが、美佳は甘弄りをやめなかった。

「やっぱり生身のオチ×チンが――英人さんのみたいな、カチカチのが恋しくなったって、しかたないと思わない？」

「う……それは、まあ」

再び血流が下半身に集中する。彼自身、久しぶりの硬直ぶりに驚いているのだ。辛い事情を背負った若妻が欲望に飢え、老いた夫の与えてくれない快楽を我がムスコに求めている。女の哀しくも貪欲な性、さらにその話を聞いて、憐れみと罪悪感を抱きながらも盛大に勃起してしまう自分が異常に思えた。

しかし、ここは不倫サークルなのだ。欲望を肯定するために彼らはいた。

「ああん、本当に硬い。食べたくなっちゃった」

美佳は言うと、服を脱ぎ始める。

ベッドの端に座ったままの英人が見上げたときには、彼女はブラジャーとパンティだけになっていた。

「美佳さん……綺麗だ」

思わず感嘆する英人の前に立ったのは、グラビアから飛び出してきたような、まばゆいばかりのボディだった。

「うふ、やっぱり英人さんって、ウブなフリして食わせ者ね」

美佳は言いながら、彼の足下に膝をつき、邪魔なズボンとパンツを下ろしてしまう。

見下ろすと、上品なレースに縁取《ふちど》られたブラのカップからこぼれんばかりの乳房が二つ並んでいた。

「んー、エッチなオチ×チンの匂い」

「ダメだよ。今日は汗をかいて――うう」

肉棒に鼻面《はなづら》をくっつけられて、羞恥《しゅうち》に血がたぎる英人。

美佳はうっとりした目つきで、裏筋に舌を伸ばした。

「ううん、牡《おす》の匂いがしてすごく美味しい」

「おうっ」

英人は思わず天を仰《あお》ぐ。ねっとりとした舌は、太茎の根元から先端に向かって這い上り、カリ首でぐるりと円周を描いた。

「ああん、もう我慢できない。いただきます」

吐息混じりに美佳は言うと、口を開いて肉棒をパクリと咥《くわ》え込んだ。

英人に快感の電撃が走る。

「うはっ、こんな綺麗な人が俺の——」

「んちゅ、くちゅっ、じゅるるっ」

美佳はわざと唾液《だえき》の音を立て、しゃぶり立てる。

「ハアッ、ハアッ」

英人の息が上がる。頭の中は真っ白だった。見下ろすと、股間には美麗な若妻が夢中になって肉竿を貪《むさぼ》っている。数年来、夢想でしかなかった出来事が、現実に起きているのだ。

（きっと総務課の娘もこんな風に……）

いったん火がついた情欲はとどまることを知らない。今朝までは堅実な夫だった。少なくとも世間的にはそのはずだったが、いまや見ず知らずの若妻にしゃぶらせながら、別の女のことまで考えている。

しかも、すぐ近くでは妻が他人に嬲《なぶ》られているのだ。

「——うはあっ、堪《たま》らないよっ。美佳さん」

「んーん？　んふうっ、じゅるっ」

食らいついたものを離そうとしない美佳は、喉音を鳴らして答える。

「ふうっ、ふうっ」

英人は堪らず、股間で揺れる小さな頭をつかんだ。すると、綺麗にセットされた髪がかき乱されるが、美佳は嫌がるでもなく、一層口戯に励む。

「んぐちゅ、ぐちゅ、ぐちゅ」

だが、まもなく単調なストロークに飽きたのか、美佳はゆっくりと口からペニスを吐き出す。それもただ離すだけでなく、吸いつくように唇をすぼめながらだったので、再び外気に触れた肉棒には、彼女の赤いルージュの跡《あと》が残った。

「ハアッ、ハアッ」

フェラが止み、英人がひと息ついたと思ったところ、股間の美佳が言う。

「しばらく奥さんとはしてないんでしょう」

「え？　うん、まあ」

どうやら彼女は、泉から事前に彼の情報を聞いているらしい。こちらには何の予備知識も与えられなかったことは不公平にも思えるが、主催者ならではの深謀遠慮があるのかもしれない。

「じゃなければ、ここには来ないよ」

英人なりに精一杯の虚勢を張ったつもりが、美佳の意図《いと》は別にあったようだ。

「そうよね。だって、ほら。こぉんなにパンパンに溜まっちゃってるし」

そう言って彼女が手にしたのは、だらりと垂れ下がった陰嚢だった。

「う……それは」

「パンパンになるまで溜め込んでくれたのね。うれしい」

美佳はうれしそうに言うと、おもむろに袋を口に含《ふく》んだ。

「あむ……」

「ぬおっ……そんなところまで」

堪らず仰《の》け反《ぞ》りそうになる英人。彼女が玉の輿に乗れたのは、見た目の美しさばかりでなく、こういった夜のホスピタリティが行き届いているからかもしれない。

美佳は、口中で二つの玉を転がすように舌で弄《もてあそ》ぶ。

「んふうっ、ん……ふうっ」

「ハアッ。おお……」

こんなサービスを有里から受けたことはない。英人は愉悦《ゆえつ》に溺れながらも、我知らず妻との閨《ねや》と比べていた。そんな比較をすること自体、伴侶《はんりょ》に対する不貞に思えるものの、ゾクゾクするような肉体的快楽は否定しようもなかった。

陰毛に鼻面を埋め、美佳は一心に玉袋をしゃぶった。

「んんっ、ふうっ。くちゅくちゅ」

さらには肉棒も手で扱き始めたから、英人は堪らない。

「はううっ。マ、マズいよ美佳さん……」

「んーん。ぐちゅっ、ちゅばっ」

だが、美佳は一向に手淫と玉吸いを止めない。

しかたなく、というより、ここまで官能を煽られ、気後れしていた英人もついに抑えていたものが爆発する。

「美佳さんっ」

彼は両手を伸ばし、ブラを剝《は》がすようにして乳房をもぎ取った。

「んふうっ」

一瞬、身を縮める美佳だが、口舌奉仕は続けた。

英人は手のひらで乳房の柔らかさを確かめながら、指先に小さな突起物を認める。

若妻の乳首は硬く勃起していた。

(ああ、すごい。久しぶりのオッパイの感触だ)

身を屈《かが》めて双丘を揉《も》みしだく英人は感無量だった。

しかし、感動のあまり力が入りすぎたのだろうか。やがて美佳が堪《こら》えきれなくなったように、陰嚢から離れて顔を上げる。

「ぷはっ――あんっ、英人さんってスケベね」

「だって……痛かった？」

「そうじゃ……ああん、もっと強く」

どうやら彼の気遣いは逆だったようだ。美佳は強い刺激を求めた。

それを受けて、英人は再び乳房を揉みしだく。すると、改めて女の若さに気付く。吸いつくような肌だ。水気をたたえた膨《ふく》らみは張りがあり、きめ細やかな肌にはうっすらと汗をかいていた。

「ハアッ、ハアッ」

「あんっ。もう邪魔ね、こんなもの」

美佳は言うと、自らブラのホックを外す。

「綺麗だ」

「英人さんのオチ×チンも、逞《たくま》しいわ」

「くっ……お、俺もう、我慢できないよ」

「欲しいの？　いいよ」

短いやりとりの後、美佳が立ち上がり、ベッドに戻って横たわる。

すでに十分欲情させられた英人は、怒張をぶら下げて、その上に覆い被さった。

「美佳さんっ」

「ああ、きて」

しなを作り、美佳が最後の一枚に手をかける。

だが、英人はそれを止めた。

「俺が脱がせたい」

この日、彼がマンションを訪れてから、初めて自分の意思を告げた瞬間だった。

美佳は男の欲求を喜んで受け入れた。

「うん、脱がせて」

「わかった」

若妻の下着は、薄紫色のレース飾りが施《ほどこ》されたものだった。生地の薄さが高級さを窺わせる。体の弱い母親を助けるため、老資産家に身を投げ出して獲得したものだ。

英人はパンティに手をかけながら、美女の辿《たど》った運命の悲哀を思いつつ、興奮がいや増すのを抑えきれなかった。

一糸まとわぬ姿になると、美佳は吐息を漏らした。

「ああ……」

「おお……」

英人は思わず感嘆の声をあげる。

ふくよかな恥丘を逆三角形の恥毛が覆っていた。若い女には珍しく、生《は》え際《ぎわ》も自然のままにしているのは亭主の趣味なのだろうか。馬の和毛《にこげ》のごとく艶《つや》やかに生え揃い、微妙にうねっている。

そこを分け入ると、奥にはぬめった裂け目が口を開いていた。

「いやらしいオマ×コだ」

我知らず、英人は声に出していた。女の秘部を見るのはどれくらいぶりだろう。有里のものですら、もう数年来目にしていないのではないか。

美佳は男の反応を見て、わざと脚を開いてみせる。

「そうなの。夫がいるのに、他の男のオチ×チンが欲しくなっちゃう、どうしようもなく淫乱なオマ×コなの」

「美佳さんっ」

もう辛抱堪らなかった。英人は飛びつくと、生のままペニスを濡れそぼった蜜壺《みつつぼ》に刺し入れた。

「ああっ、イイッ」

悦びの声をあげて、美佳が体をうねらせる。

硬直はぬめりに覆われて、ぬぷぬぷと一番奥まで貫《つらぬ》いた。

「ほうっ……うう、あったかい」

「ああん、硬いわ」

双方の口から、互いの性器を悦ぶ声があがる。

久しぶりの感覚に、英人はしばらく身動きもできなかった。思えば、生《なま》でするのは結婚当初以来だ。子供を設ける気がなかった夫婦は、ゴムありの営みばかりだった。

直接触れる蜜壺粘膜の感触に、肉棒が打ち震えるほどの愉悦が、体の奥底から湧き上がってくる。

だが、美佳はそれだけでは辛抱できないようだった。

「ああん、きてぇ。欲しいの」

鼻にかかった声で言うと、下から腰を突き上げてきた。

衝撃がダイレクトに肉棒を刺激する。

「うおっ……くぅ」

しかし、英人も悦楽を欲しているのは同じだった。美佳から誘い水を向けられて、一気に劣情が爆発した。

「美佳さんっ」

若妻の尻を抱え、本能のままに腰を前後させ始めた。

「あふっ……イイッ。いいわ、もっときて」

「ハアッ、ハアッ、ハアッ」

抽送《ちゅうそう》が繰り出され、結合部はぬちゃくちゃといやらしい音を立てる。

（ああ、これだ。俺が欲しかったのはこれなのだ）

頭に血を上らせながらも、英人は意識の内奥で叫んだ。

抉《えぐ》られる美佳は水中の魚のように身を躍らせる。

「ハァン、あっ……すごい。素敵よ、英人さん」

「ハアッ。おうっ……き、気持ちいい」

女体とは、かくも素晴らしいものなのか。英人は四十にして改めて思う。この感慨は、若い頃初めて女を知ったときとは違っていた。妻を娶《めと》ってはいるものの、近ごろは渇いた月日を過ごしたことで、改めて知る奥深さがあった。

「ハアッ、ハアッ、ハアッ」

腰を振るたび、肉襞《にくひだ》の一つ一つまでが感じられるようだった。彼は無我夢中で腰を打ち付け、女を征服する悦びを堪能《たんのう》する。

一方、美佳もまた貪欲な点では彼以上だった。

「もっと……突っ込んで。ああっ、そう。奥に当たるぅ」

自分の快楽をいちいち言葉にすることで、男をさらに鼓舞した。

掻き回される肉壺は牝汁《めじる》が溢《あふ》れ出し、入口に白い泡となって溜まる。

「はううっ、あっ……すごい、いいわ。もっと」

「うう……絡みつくし、締まる」

粘膜と粘液が絡みつき、太竿は悲鳴を上げていた。だが、自分の意思ではもはや抽送を止めることなどできそうもない。英人は額に脂汗《あぶらあせ》を浮かべながら、めくるめく快感の波に翻弄《ほんろう》されるばかりだった。

すると、美佳がふいに声を高くする。

「んああーっ、イイッ。きてえっ、きてっ」

彼女は言いながら、彼の背中にしがみついてきた。

「おうっ」

思わぬ力で引き寄せられた英人は、豊満な乳房ごと抱きすくめる。

顔が近づき、自《おの》ずと舌を絡め合う。

「んふぅ、ベロッ。ちゅるっ」

「ふぁう……レロッ、みちゅ」

互いの息を貪り合いつつ、しかし抽送は止めない。

ぬぽちゅぽと鳴る音は、次第にテンポを速めていく。

「んむぅ、ふうっ」

「んふぁ……ああっ、ダメぇ」

呼吸が追いつかず、美佳が思わず舌を解く。

英人も、もう限界だった。

「ハアッ、ハアッ——ぬああああっ」

肉体の命ずるまま、前後不覚になって腰を振る。

「あああっ、イイッ。イッちゃう」

美佳は喘《あえ》ぎながら、彼の背中に爪を立てた。

「うぐぅ……くっ」

尖った爪が肌を傷つける痛みを感じるものの、英人は構わず肉棒を突く。こめかみに血管が浮かび、頭が真っ白になって何も考えられない。

美佳も下から突き上げてきた。

「ああっ、ダメ。もっと……はうん、イク。イッちゃううううっ」

「うはあっ、俺も……あああっ、ダメだ」

「イッて。わたしも——ああーっ、イクイクイクうううっ」

美佳が絶頂を叫ぶと同時に、蜜壺がキュッと絞《しぼ》られた。

(マズイ。出る)

英人は心の中で警告する。欲望に目が眩《くら》んでいるとはいえ、他人の妻を受精させるわけにはいかないではないか。なけなしの理性が常識を思い起こさせた。

しかし、美佳はただ欲望に正直だった。

「あっひ……ダメ。イイイイーッ」

顎を反らせると、部屋中に響き渡る声で絶頂を宣言した。

「おうっ。イくぅっ」

理性が打ち勝つことはなかった。ほとんど同時に肉棒は熱い塊を吐き出していた。白濁《はくだく》は温かい子宮口に突き当たり、英人は全身で悦びの凱歌《がいか》を上げていた。

「あはあっ、イイッ」

美佳の絶頂は長く続き、二度、三度と体を打ち震わせる。白い絹肌はピンク色に染まり、一瞬硬直した筋肉はゆっくりと弛緩《しかん》していった。

「ハアッ、ハアッ、ハアッ、ハアッ」

すべては終わった。英人は荒い息をつきながら、呆然として体を離す。

「ああ……」

結合が解かれたとき、美佳はため息をついて別れを惜しむ。

だらしなく開いた裂け目には、白く濁った欲悦の跡が滴《したた》っていた。

第二章　妻の悦び

一人リビングに残された有里は、手持ち無沙汰に室内を眺めていた。

（自宅じゃないようだし、こんな部屋を持てるなんて、ご亭主は何をしている人なんだろう）

妻に不倫サークル専用の高級マンションを与えるなど、普通の家庭に育ち、平凡な結婚をした彼女には想像もつかない世界だった。

（英人はどうしているかしら――）

泉に連れ出された夫のことが気にかかる。ゴージャスなセレブ夫人に魅せられ、催眠術にでもかかったようにフラフラと出ていった後ろ姿が目に焼き付いている。

そもそも、英人が不倫サークルの話を持ち出したときも、有里はさほど驚きはしなかった。

結婚して十年、その前にも一年ほどの恋人期間があり、夫の考えていることくらいはなんとなくわかるものだ。

（あの日も、きっと何かあったんだわ）

彼女が思い出していたのは、キッチンで英人がちょっかいをかけてきた夜のことだった。

あのとき有里は反射的に拒否反応を示した。しかし、決して夫に生理的嫌悪感を覚えたわけではない。女として関心を向けられたことは、心情的にはむしろうれしかったといえる。

（けど、なんとなく億劫《おっくう》に感じちゃったのよね）

独身時代の彼女は、性的に奔放とまでは言わないものの、セックスには貪欲なほうだった。だが、家庭の主婦に収まり、三年、五年と経つうちに、夫婦というものの価値観もおのずと変化していった。

しばらく営みがなくとも、夫を愛していることに変わりはないと思っていた。そして、英人も同じ考えに至っていると思い込んでいた。

（でも……）

男と女の生理は違うものだ。珍しく夫が欲情したのも、おそらく会社か何かで刺激を受けるようなことがあったのだろう。

あの夜、有里は夫が尻を触ってきた一瞬のうちに、そこまで見抜いていたわけではない。ただ、女の直感がそう告げてきたのだ。

すると、結局よその女をきっかけにしたことが不満だったのだろうか。

(わからない)

だからこそ、現在ここにいるのだ。彼女自身は不倫相手など求めてはいない。一方、性欲がすっかり枯れてしまったわけでもなかった。

しかし、性欲もあり、夫とその気になれないとすれば、いったいどうなるだろう。

(いやだわ、あたし——)

ソファの中で小さな体を縮めながら、有里は不安な思いに駆られていた。

すると、ふいに背後でリビングの扉を開く音がした。

「え……」

振り向くと、男が立っていた。

「やあ、驚かせちゃったかな」

ニヤけた顔で語りかけてきたのは、七三分けで銀縁のメガネをかけた四十絡みの中年男性だった。

ちょうど英人と同じ年頃だろうか。有里が驚いたのは、男はブリーフ一丁でそこに立っていることだった。

「あの、えっと……」

日頃はめったに慌てることのない彼女も、さすがに戸惑ってしまう。

メガネの男は笑みを絶やさず、安心させるように言う。

「あー、そうか。泉さんから聞いていないんだな。これは失礼。私は結城和真《ゆうきかずま》と申します」

「はあ。あ……霧島です」

男の身なりと丁寧な挨拶のギャップに面食らい、有里はふいに平衡感覚を失ったようだった。

和真はそんな彼女の様子を見て、仕方がないというように向かい側に腰を下ろす。

「まったくあの女性《ひと》ときたら、悪戯《いたずら》好きで困ります——ええ。私ね、向こうの応接間で待っていたんです。合図《あいず》があったら出てくるように、って」

彼は言いながら、手にした小さなピンク色の物体を見せる。

それを目にした有里は思う。

(この人、少しおかしいのじゃないかしら)

その物体が何かはすぐにわかった。ローターだ。大人の玩具である。彼女自身はそんなものは持ち合わせないが、雑誌の広告や何かで目にすることはある。

しかし、和真は彼女の疑念など気にする風もなく続けた。

「あっちの部屋で待っていて、コレが振動したらここに来るよう言われてたんです。泉さんらしいでしょ。合図ならスマホでもいいのにね。けどまあ、そんなことはどうでもいい。それより有里さん——ですよね。いやあ、モニター越しで見るよりずっと美しい方だ」

有里は混乱した。この人は、さっきから何を言っているのだろう。和真は顔つきだけ見れば、真面目なサラリーマンといった感じだった。細面《ほそおもて》で、笑っていなければ眼光鋭く、企業の役員か、キャリア官僚といってもおかしくない。

反面、体は少々だらしなく、見事なビール腹をしていた。

「あの、泉さんがここへいらっしゃるように言ったんですか」

「は？　ええ、そうですが」

「結城さん、と仰いましたっけ。失礼ですが、あなたは何者ですか？」

有里は少し落ち着きを取り戻し、矢継ぎ早に訊ねると、和真は「参ったな」というように背もたれに体を預け、ビール腹を擦り始めた。

「もちろんここの会員ですよ。有里さんもそうでしょう？」

「いえ、わたしは……。今日は夫の付き添いで」

有里にもようやく事態が呑み込めてきた。どうやら和真は不倫サークルの常連らしく、泉が自分に引き合わせるべく送り込んできたのだ。

(だけど、人を騙し討ちするようなやり方をするなんて──)

一時の戸惑いから立ち直り、元来の意思の強さが戻ってくる。

「泉さんがどう仰ったか知りませんけど、あたしはまだ入会するとか、一切決めていませんから。ですので申し訳ありませんが、どうぞお引き取りください」

ところが、半裸の中年男にはまったく響いていないようだった。

「うーん、そうか。いや、わかりますよ。誰だって初めては気後れするもんです」

「いえ、そういうことでなく、あたしはあなたとそういう──その、とにかく夫の目と鼻の先で裏切るような真似をするつもりはありません」

気付くと、有里は手のひらにじっとりと汗をかいていた。もしかして、自分たちはとんでもない場所へ来てしまったのではないだろうか。当初の驚きや戸惑いは、しだいに不安と恐怖に変わっていった。

場の空気は張り詰め、双方ともすっかり黙り込んでしまう。

そこへ、ようやく泉が戻ってきた。

「あら、ごめんなさい。お待たせしてしまったかしら」

泉は悠揚迫《ゆうようせま》らぬ様子で、優雅に有里の隣に腰を下ろした。

「和真さん、もういらしてたのね」

「いらしてたも何も……。ズルいなあ、泉さんが合図を寄越したんでしょ」

和真はつまんだピンクローターを指先で転がしてみせる。

二人のやりとりには構わず、有里は急《せ》くように言った。

「説明してもらえませんか。あたしはまだ何も承諾した覚えはないんですけど」

「うふふ。有里さんって、怒った顔も素敵ね。英人さんが惚れるのもわかるわ」

泉はまともに答えるどころか、笑みさえ浮かべ、顔を側《そば》に寄せてしげしげと彼女を見つめる。

「ね、和真さんもそう思わない？　あなた、こういう女性タイプでしょう」

「まあね。さすが泉さんだ。わかってらっしゃる」

答える和真はヤニ下がり、事もあろうに女性二人の目の前で、ブリーフの上から股間を甘弄りし始めた。

「やだ……」

思わず目を背ける有里。複雑な感情は千々に乱れ、鼓動が高鳴っていく。

するとと、泉が小さなレコーダー風の機器を取り出した。

「有里さん、ちょっとこれを聞いてちょうだい」

そう言ってスイッチを入れると、男女の喘ぎ声が流れ出す。

先に反応したのはブリーフ男だった。

「おお、エロテープとはまた懐かしいな」

「和真さん、あなたは少し黙っていらっしゃい」

泉にたしなめられ、シュンとする和真。改めて有里に訊ねる。

「これが何かわかる？」

「男と女が――和真さんが言ったように、ナニしている声ですよね。それが、どうかしましたか」

「そう、正解。エロテープって言い方は古すぎるけど、要するにエッチしている音声だわ」

しかし、それが「何か」はわかっても、「何のために」そんなものを持ち出したのかはさっぱり理解できない。

有里が戸惑っていると、泉がその答えを明かした。

「これね、さっき向こうのお部屋で、同じものを英人さんにも聞かせたの。女性の声は有里さんのだ、って言って」

「なぜそんなことを」

ますます訳がわからない。泉は続けた。

「だって、そうでもしなきゃ、英人さんみたいな人は踏ん切りがつかないもの――。そうそう、あちらにはね、旦那さんのお相手をする女性がいるの。美佳さんといってね、身元のしっかりした方だから、安心してちょうだい」

泉は英人にも女をあてがっていたのだ。肉交する相手を用意した上で、さらに不倫に抵抗感が薄れるよう、「妻もしている」と嘘をついて、夫を誘導したということである。

状況を理解するにつれ、有里の胸は怒りでムカつき始めた。

「ちょっと、いい加減にしてもらえませんか。そんな真似をして英人を――夫を馬鹿にしているんですか」

「そうじゃないわ。それに、英人さんは信じていたみたいだし」

「ってことは、彼は……」

「ええ。一歩を踏み出されたわ。だから、有里さんもそうしなきゃ」

「そんな――」

もちろん、不倫サークル行きに賛同したのは自分だ。それはわかっていても、有里の気持ちは複雑だった。

（夫があたし以外の女と――）

にわかには信じられない思いだった。真面目で朴訥《ぼくとつ》とした人柄がよくて、英人と人生をともにしようと決めたのだ。それが、ちょっと様子見のつもりで訪れた不倫サークルで、早速ほかの女といたしているというのは少なからず衝撃だった。

言葉を失う彼女に対し、泉は慰めるように言った。

「ごめんなさいね。でも、こうでもしないと英人さんは欲求を抱えたまま、どんどん不満を募《つの》らせてしまうと思うの。正直騙すようで悪いんだけど、それだけあなたの旦那様は誠実な方という証でもあるんじゃないかしら」

即座に否定することはできなかった。有里にも思い当たる節はある。そもそも自分が夫の欲求を退《しりぞ》けたことが、ここへ至るきっかけだったのではないか。

二の句が継げず黙っていると、和真が口を開く。

「実は僕もね、最初のときは緊張で何もできなかったんですよ」

「まさか」

反射的に出た言葉に、有里は「しまった」という顔をした。

「――ごめんなさい。そんなつもりじゃ……」

「いいんですよ。有里さんは今の僕しか見てないんだから」

労《いたわ》るような返事の声には、荒い呼気が含まれていた。不可解さに有里が目を向けると、和真はブリーフの前開きから屹立したペニスを飛び出させていた。

思わず強《こわ》ばる有里を見て、泉が体を寄せてくる。

「大丈夫よ。あの人、いきなり襲ってきたりはしないから」

「ええ。でも……」

有里は目眩《めまい》を覚えた。これまで当たり前と思っていた、安定した日常が音を立てて崩れていく。泉の体からむせ返るような香水の匂いがした。

「本当は、あなたもわかっているんでしょう？　英人さんだって、この和真さんと同じ男性なのよ。いくら奥さんを愛していたって、溜まれば吐き出したくなるのは生理的にしかたないことだわ」

もちろん言われなくても、有里にはわかっていた。男と女は違う。だが、現実に夫がほかの女と肉体を交えるとなると、どうしても心理的抵抗が先立つのだ。

不倫サークルの主催者は、彼女のような人妻の抱く機微を熟知していた。

「悔しいのね、有里さん」

「いえ、悔しいとかではなく、情けないというか——」

「自分を誤魔化しては駄目。嫉妬は愛の裏返しなのよ」

このとき泉は、耳たぶに触れそうなほど近くで囁いていた。

生暖かい吐息を感じた有里は、思わず身震いしてしまう。

「焼き餅を焼いたって当然じゃない……」

ほとんど消え入りそうな声で漏らす有里。

シルク地のガウンの袖から伸びた泉の手が腕の辺りを擦ってくる。

「それでいいの。ここは日常から離れた特別な場所。ここで起きたことは、外の世界とはまったく関係ないと思えばいいの」

「そんな風に割り切れるものかしら」

「ええ。できるわ。有里さんだって」

語りかけながら、泉の擦る手はワンピースの胸元へと這っていく。

(綺麗な爪。マニキュアも素敵)

有里はプライベートゾーンへの侵犯を許しながら、手入れの行き届いた泉の爪を呆然と眺めていた。

女主人の手がついに有里の膨らみを捕らえる。

「ご主人に対しては騙すようなことをしちゃったけれど、あなたには嘘をつけないと思ったのよ。だから、こうしてわたしも本音でぶつかっているの。女同士ね」

「んっ……」

服の上からだというのに、泉は的確に敏感な箇所を責めてきた。有里は思わず漏れ出そうになる声を抑えるのが精一杯だった。

泉は唇を耳たぶに触れさせながら続ける。

「感じていいのよ、有里さん。ほかに誰も見ていないわ」

「い、泉さん、あたし――」

「そう、感じるままに身を委《ゆだ》ねるの。今のあなたはとても綺麗だわ」

二人のやりとりを見ていた和真が興奮も露わに口を挟む。

「ハアッ、ハアッ。すごい、女同士の絡み、エロ過ぎる」

思わず有里が見ると、和真は身を乗り出して、自ら陰茎を扱《しご》いていた。

「ああ、どうしよう。あたし、おかしくなってしまいそう」

「おかしくなっていいの。ね、おかしくなるって気持ちいいでしょう」

そうして泉は乳房を揉みしだきつつ、舌を伸ばし、有里の耳の穴をくすぐってきた。

「ハンッ、ああ……」

有里は自分の中のどこかで、たがが外れるのを感じた。乳房と耳に受ける愛撫に前のめりになりながら、対面にそそり立つ肉棒から目が離せない。

その間にも、泉は巧みにワンピースの背中のジッパーを下ろしていた。

「さあ、あなたの本当の姿を見せてちょうだい」

「ダメ……」

かろうじて言うが、すでに有里の頑なだった城門は開け放たれていた。服を肩から脱がされ、人の妻となってから他人に晒《さら》したことのない肌が露わになっても、慌てて隠そうともしなかった。

「まあ、とても綺麗だわ。有里さんのお肌」

「そ、そんなこと……んんっ」

「こんな美しい体を誰にも見せないなんて、罪というものよ」

「……あぁっ」

泉の巧みなリードに、有里はしだいに体の芯が熱くなるのを感じた。

(英人も承知の上だとしたら、もうこれは不倫じゃないのかもしれない)

自ずと太腿をギュッと閉じる有里。久しく感じることのなかった情欲の炎に、もうどうにでもなれという自暴自棄な感情が後押しをする。

「ねえ、泉さん。そろそろ僕にもさせてくださいよ。これじゃ蛇の生殺しだ」

傍観者《ぼうかんしゃ》に追いやられていた和真が不平を鳴らす。泉は答えた。

「そうね。有里さんもだいぶほぐれてきたようだし、交代しましょう」


ブリーフの窓から陰茎を突き出した和真が近づいてくる。

いまや諸肌《もろはだ》を曝《さら》け出し、下着姿となった有里は無防備そのものだった。

(ああ、あたしは何をしているの)

今すぐソファから立ち上がって逃げるのだ。頭の片隅で叫ぶ声を聞きながらも、意思は働かず、腰が抜けたように力が入らない。

しかも、視線は禍々《まがまが》しい肉棒から離すことができなかった。

すでに泉は遠慮して遠巻きに見ている。

和真がいよいよ有里の側までやってきた。

「そんなに怯《おび》えなくていいですよ、有里さん」

「ええ。でも——」

もはやこの事態を受け入れている自分が不思議でならない。

すると、和真はテーブルの下から革の鞄《かばん》を取り出した。

「安心してください。いきなり有里さんに触れたりしませんから」

彼は言いながら、鞄から極太のバイブを取り出した。

一目見たとたん、それが何か理解した有里はため息を漏らす。

「ああ、そんな……」

「どうです、こんなの使ったことありませんか」

「ないわ……一度も」

「へえ、そうですか」

和真は相槌《あいづち》を打ちながらも、信じていないようだった。しかし、有里が言ったのは事実だ。ただし、正確に言うと、マッサージ器具を使ったオナニーくらいなら、したことはある。

「こんな風にね、動くんですよ」

彼は言うと、玩具のスイッチを入れた。

すると、漆黒の器具がうなりを立てて震動し始める。

「すごいでしょ、これ」

和真は下卑《げび》た笑みを浮かべながら、蠢《うごめ》く玩具を自分の肉棒に並べてみせる。

「イヤ……」

「さあ、そろそろブラを取ってくれませんか。それとも僕がやりましょうか？」

「いえ……自分でやります」

まるで催眠術にでもかかっているようだ。有里は背中のホックに手を回しながら、自分のしていることが不思議でならなかった。

無意識に離れたところにいる泉に目をやる。すると、ローボードに腰掛けた女主人は艶やかな笑みを返した。

(もう、どうにでもなれ)

ホックが擦れる金属音が、やけに大きく聞こえる。

「——取りました」

有里は羞恥に駆られ、とっさに胸を腕で隠してしまう。

しかし、一瞬垣間見えた乳房を和真は見逃さない。

「やあ、想像以上に綺麗なオッパイですね。まん丸だ」

「やめて。恥ずかしいわ」

「恥ずかしいことあるもんですか。本当ですよ。有里さんの年齢で、ここまで張りを保っているのは素晴らしい」

和真は言うと、谷間の上から蠢くバイブを差し込んだ。

有里は反射的に身を捩《よじ》って避けようとする。

「なっ、何するの。そんないきなり――んっ」

「言ったでしょう。『僕は』いきなり触れたりしないって」

「言ったけど……だからって、あんっ」

思わず喘ぎが漏れてしまう。バイブの震動が、乳房の芯まで響いてくるようだ。

和真は有里の目の前に立ち、グリグリと玩具をさらに押し込んでくる。

「ほらあ、こうすればパイズリもできるんですよ。有里さんみたいな可愛い奥さんに、パイズリされたら気持ちいいんだろうな」

「イヤッ、んんっ」

「感じている顔、とても綺麗ですよ」

初対面での和真にいい印象はなかった。ブリーフ姿というのもあったが、いかにもスケベな中年男のイメージだったのだ。

(そんな男に責められて、感じてしまっている)

有里は、自分の中に潜む魔性に触れた気がして、我ながら空恐ろしくなった。

だが、そうするうちにもバイブは侵攻を続けた。先端が谷間を突き抜けたときには、有里も降参して胸から手を下ろしていた。

「おー、これはすごい。オッパイがブルブル揺れてますよ」

「だって、そんなの――」

「いいね。有里さんもノッてきたみたいだ。よし、それじゃあこっちも本腰を入れますか」

和真は言うと、もう一方の手でピンクローターを持ち出した。

「泉さん、すみません。こいつのスイッチを入れてもらえますか」

両手の塞《ふさ》がった彼は、傍観する泉にリモコン操作を頼んだ。

「いいわよ」

泉は承諾してコントローラーを弄る。

すると、繭玉《まゆだま》大のローターが細かく震え始める。

有里は悦楽の予感に戦慄《せんりつ》し、思わず乳首がキュッと硬く締まるのを感じた。

「それを……どうするの」

「わかっているはずですよ」

メガネの奥にある目がギラついている。和真はローターを乳首の先端にそっと触れさせた。

「んあっ」

とたんに有里はビクンと震え、なまめかしい声をあげてしまう。

「相当敏感なようですね。もう乳首がビンビンですよ」

「だって、そんな……あんっ、くすぐったい」

「くすぐったいですか。本当は気持ちいいんじゃないですか」

中年男はいやらしい猫なで声で、執拗《しつよう》に人妻をいたぶった。

有里は耳から首筋までを紅潮させつつ、懸命に堪える。

「ふうっ、ふうっ……んんっ」

深呼吸を繰り返し、喘ぎが漏れるのを防ごうとしたのだ。しかし一方で、

（なぜこんなに我慢しなければならないの）

と、しだいに思い始めてもいた。快楽に対し、必死に抗《あらが》うことが、極めて不自然に思われてきたのだ。堅実に生きてきた有里の既成概念が揺らいでいた。

（結局、あたしが気にしていたのは、世間体でしかないのかもしれない）

そんな人妻の葛藤などつゆ知らず、和真はさらに愛撫を続けた。

「ああ、いやらしい顔していますよ。いいな、興奮する」

そう言って、ローターを乳首に強く押し当てる。

「はうっ……あっ、ダメ……」

ついに有里は耐《た》えきれず、ソファに崩れるようにして横たわった。

鼻息も荒く玩具を操る和真の姿が、じょじょに霞《かす》んでいくようだ。

「綺麗ですよ、奥さん。もっと気持ちよくしてあげましょうね」

「ああ……」

有里は目眩を感じ、手首で顔を覆った。

すると、和真はバイブを谷間から取りあげた。

「こんな姿、旦那には見せられませんね」

「やめて——」

目を閉じた有里は消え入るような声で言うが、次の瞬間、股間に凄まじい激震が起こった。

「イヤアーッ、ダメえええっ」

パンティの上からバイブが押しつけられたのだ。反射的に彼女は上のほうへ逃げようとするが、肘掛けに頭がつかえて逃げようがない。

「あー、もうパンティから染みが滲《にじ》んできちゃった。感じやすいんですね」

荒い息をつきながら、和真は押し当てる角度をさまざまに変えていく。

「イヤッ、あっ、あっ、ああん」

震動は股間から脳天まで突き抜けていった。有里はどうしようもないといった風に身を捩り、顔に当てていた手は宙をさまよった。

「有里さん、これが気持ちいいんですね」

「やっ……んんっ、ああっ」

「ダメです。ちゃんと言ってくれないと、止めちゃいますよ」

「ああん、やめ……イヤアッ」

「じゃあ、言ってご覧なさい。気持ちいいんでしょう？」

「んくぅ……きっ、気持ち——いい、です」

快楽に負け、男の言うなりになるのは屈辱《くつじょく》的だった。しかしなぜだろう、有里は屈服を認めることに、えも言われぬ悦びを感じてもいた。

「んああっ、もっと……もっとしてぇ」

気付いたときには、自分から声高にねだっていたのだ。

「では、パンティを脱いじゃってください」

和真にこう言われたときも、有里はもはや逆らわなかった。いずれにせよもう下着はぐしょ濡れで、穿《は》いているのが気持ち悪いくらいだったのだ。

「はい」

夫以外の男の前で秘部を晒す。英人との結婚を決めたときも、また結婚してからの十年間でも、一度たりとも考えたことなどない。

有里は尻からパンティをずらし、足首から抜き取ってしまった。

「ああ……」

「あー、これはビショビショだ。オマ×コの毛までぐっしょりですよ」

和真はわざとらしく驚いてみせる。

体の中心が熱い。有里は霞んだ視界に男の腕と、その手にした玩具を見ていた。

「こういうの、初めてなんです……やさしくしてください」

当初張り詰めていたものが、いつしかなし崩しになっていた。悦楽の予感に一抹《いちまつ》の不安と、一方では打ち震えるような期待に満たされていた。

和真がバイブを捧げ持ち、恥毛の貼り付いた土手に押し当てる。

「ほら、もっと脚を広げてくれなくちゃ、気持ちよくなれませんよ」

下腹部に重苦しい震動が響く。有里は声をあげた。

「あふうっ。だって、そんないきなり――」

「いきなりなわけないでしょう。有里さん、あなたが欲しがっているから、僕はしているだけなんだから」

「わかって——ああっ、でも……」

「うん、うん。そうです、それでいいんです」

強く押し当てられるにつれ、閉じていた有里の脚はおのずと広がっていく。

有里は頭の芯が痺《しび》れたようになり、思わず喘ぎが漏れてしまう。

「あっ、イヤッ。ダメよ、そこは」

「何です？　あー、これのことですか。わかりました、どれどれ」

和真は言うと、バイブの先端を肉芽に押しつけてきた。

「あああーっ、ダメえええっ」

思わず仰け反る有里。だが、そのせいで余計に押しつける恰好になってしまう。

人妻の鮮烈な反応に和真は喜んだ。

「これがいいんですね。やあ、なんて可愛らしい声で鳴くんだろう」

「あふっ……ダメ。本当に……あっ、あああっ」

「わかります。気持ちよくてしかたがないんですね」

「誰もそんなこと——ああっ、でも……」

「でも、なんです？」

中年男特有の卑猥《ひわい》なしつこさに、有里の健全な人妻としての常識が拒否反応を示す。

しかし、女としての彼女は、心まで蹂躙《じゆうりん》されるような悦楽に身悶えした。

「あっふ……んんっ、イイッ。もっとしてえっ」

自分ではそんなつもりはないのに、勝手に甘えた声でねだってしまうのだ。

和真の愛撫にも力がこもる。

「うわあ、有里さんのオマ×コが丸見えだ。ビラビラが――ヒクヒクしてますよ」

「イヤッ、やめ……あはあっ」

有里は盛んに身を捩り、やるせない思いに身を焦《こ》がす。

やがて和真はバイブを縦にして、割れ目に沿うようにあてがった。

すると、激しい震動が秘部全体を襲い、有里は愕然とする。

「んあああーっ、ダメえええーっ」

「くうーっ。堪らんな。いいですよ、その調子だ」

「あっひ……本当に、もう――あはあっ」

「もう？　ダメですよ、まだまだこれからですから」

それからの和真は、バイブを自在に持ち替えては、あらゆる角度、あらゆる強弱をつけて、裂け目をいたぶった。

「あんっ、ああっ。ダメ……ねえ、お願い」

しだいに有里は快楽の波に呑み込まれていった。気持ちいい。もっと欲しい。ひとたび世間体の枷《かせ》を外せば、その正体は一匹の雌犬なのだ。

「さあ、そろそろ本格的に行きましょうか」

和真は言うと、バイブを垂直に構え、肥大したラビアにあてがう。

「あっ、そこは──」

「ええ、そうですよ。有里さんが欲しがっているものです」

「ああ……」

「また『ダメ』ですか？　そろそろ素直になってもいいんじゃないですか」

執拗に責め立てる和真の顔を見ることができない。有里は目を閉じて言った。

「──ください」

荒い呼吸のなかで、ほとんど消え入りそうな声だった。

だが、和真もそれで満足したのだろう。いったんバイブの震動を止め、改めて肉襞のあわいに玩具を差し込んでいった。

「うん、ヌルヌルだから問題なく入る。こっちのほうは、よほど素直らしい」

「あふうっ」

　蜜壺に異物が侵入する重苦しさに、有里は長く息をつく。本格的な玩具を使った行為こそ生まれて初めてだったが、久しぶりの充溢感《じゆういつかん》に身内から震えるようだった。

「ああっ……」

「ほら、見てご覧なさい。こんなに深くまで入っちゃってますよ」

　和真は言葉でいたぶりつつ、バイブを数回出し入れしてみせた。

　中で擦れる感じに有里は悶える。

「あっ。ああん、ダメぇ」

「エロい声出して。根は相当好き者なんですね」

「ああん、だってぇ」

　服を脱いだら別人格が現れたかのごとく、有里はおねだりするように腰を浮かせる。

「やあ、これはいい。なら、もっとよくしましょう」

　和真は言うなり、再びバイブのスイッチを入れる。

　とたんに激しい震動が、今度は内部から有里を襲った。

「やあああーっ、ダメえええーっ」

　あまりの激しい愉悦に悩ましい声をあげる有里。これまで味わったことのない、物理的な刺激に体が引き裂かれるようだ。

和真は震動させたバイブを前後に動かす。

「それっ。どうです、最高でしょう」

「あんっ、はあああん。イイッ」

だが、それで終わりではなかった。和真はさらにスイッチを押し込んだ。

すると、有里は不思議な感覚に襲われる。バイブが、蜜壺の中でぐねぐねとうねり始めたのだ。

「はううっ……イヤッ。何これぇ」

「さすが敏感ですね。バイブしながらスイングさせているんですよ」

「あっ、んはあっ、イイッ、イイイイーッ」

もはや彼の説明など聞いていなかった。悦びが全身を貫き、手足の先まで痺れたようになる。やがて視界までがブルブル震え、世界が歪《ゆが》んでいくようだった。

「ああっ、イイッ、あああっ、イイイイッ」

「いいですよ、そのままイッちゃってください」

「イイッ、イクッ。イッちゃううううっ」

操る和真までもが荒い息を吐いていた。玩具は人妻の下腹部を抉り、この世ならぬ異形の姿で蜜壺の内外を往復した。

「んあああーっ」

有里は腰を浮かせたまま、下半身の筋肉を硬直させる。

「イクッ……イクッ、イクッ、イクッ、イイイイーッ」

連続して喘ぐと、太腿で彼の腕ごとバイブを締めつけた。そのまま頭が真っ白になり、大量の牝汁を噴きこぼす。イッたのだ。

「ああ……ああっ。ああっ」

やがて全身がガクガクと脱力するのを感じながら、有里はゆっくりと尻を落としていった。

果てた後の有里は何も考えられなかった。全身がまだジーンと痺れている。冷たい玩具の感触は、彼女の肉体に忘れられない記憶を残した。

「——里さん、有里さん」

頭上から呼びかける声がする。

(英人……？)

夫であるわけがなかった。うっすらと目を開けると、そこにはいたのはやはり和真だった。

「すごかったですね。見てるこっちがイキそうなほどでしたよ」

「ええ……」

生返事をしながら有里は思う。他人の前でイッてしまった。それも、あんな玩具で。あたしは変態だ。もう誰にも言えない秘密を抱えてしまった。

「あんなもの見たら、僕も辛抱堪らんですよ」

和真は言うと、自分のペニスを弄び始めた。

だが、もはや有里は目を逸《そ》らさなかった。和真は相変わらずブリーフを穿いたままで、そこから飛び出た肉棒は、さすがに硬直を保ってはいなかった。といっても、完全に萎《しな》びているわけでもない。

「有里さん、僕のをしゃぶってくれませんか」

だらりと鈍重に垂れ下がった男根が、やけに生々しい。野獣が獲物に襲いかかる前に、息を潜めて構えているようだ。

「いいわ」

ついに彼女は言うと、むくりと起き上がった。

ソファの前に仁王立ちする和真が歓喜する。

「やっとその気になってくれたようですね。うれしいな」

「それ以上言うなら、やめますよ」

有里の突き放した口ぶりに、和真も冷や水を浴びせられたようだった。

「わかりました。黙ります、黙っています」

「それでいいわ」

あたしはどうしたのだろう。開き直ったとでもいうのか、肉棒を前にする興奮とともに、妙に冷静な自分がいた。

(これまで自分で自分に嘘をついていただけなのかも)

英人に不倫サークルを誘われたときから、こうなるのはわかっていたはずなのだ。それを自身に誤魔化すために、夫の気持ちを推《お》し量《はか》るようなふりをしていただけだったのかもしれない。

(最初からあたしは、こういうことがしたかったのだ)

眼前にぶら下がる肉塊を見つめながら、有里はごくりと唾を飲み込んだ。

「じゃあ――」

彼女は自分に区切りを付けるように言うと、おもむろに肉棒をつまみ上げる。

頭上では和真が一挙手一投足を見守っていた。

「うう……さすが人妻だ。チ×ポの持ち方一つとっても、手慣れている」

中年男のはしゃぎように、有里は内心微笑《ほほえ》ましく思う。男なんて、みんな同じようなものだ。溜まったものを吐き出すことしか考えていない。

しかし、まだ彼女は迷っていた。肉棒はまだ勃起しきってはいない。このまま咥えるべきか、それとも手で勃たせてからするべきだろうか。

結局、有里はいきなりしゃぶることにした。

「あむ――」

「ひゃう」

すると、和真も不意を突かれたのか、素《す》っ頓狂《とんきょう》な声をあげた。

口に含んだ肉棒は男臭かった。有里はまだ柔軟性のあるペニスを舌に乗せ、くちゅくちゅと音を立てて吸った。

「んふうっ、んん……」

「ハアッ、おお……有里さん、いやらしいしゃぶり方をする」

「んぐちゅ、みちゅっ」

肉棒は口中で徐々に膨らみ始めた。有里は根元を指で支えながら、少しずつ前後の動きを加えていく。

「ハアッ、ハアッ。うう、こんな美しい奥さんが、僕のチ×ポを美味そうにしゃぶってくれている」

和真は呼吸を荒らげつつも、わざわざ状況を解説してみせる。彼女に不倫の背徳感をよくわからせるためだろう。

だが、言われるまでもなく、有里にも自分の行為の異常さはわかっている。

(あたしは、いけない女だわ)

このペニスをしゃぶるという行為は、誰に強制されたわけでもなく、自らの意思でしていることなのだ。多少の言い訳があるとすれば、先ほど絶頂させてもらったお礼だろうか。

しかし、気付くと彼女は口舌奉仕に夢中になっていた。

「じゅるっ、じゅるるっ、じゅぽっ」

「ああ、いい。最高だ」

「んふうっ、ふうっ。じゅるるるっ」

「くうっ。吸い込みがはげし——おおっ、こんなフェラをしてもらえるなんて、旦那さんが羨ましいな」

やめて。言わないで。和真の言葉責めに反発を覚えながらも、有里はストロークを止めなかった。

おのれの罪深さを意識すればするほど、不思議と劣情は高まっていく。

「じゅぷっ、じゅっぷ、じゅぷぷ」

「ひいっ、ふうっ。どうしたんです、有里さん。そんなにチ×ポが好きですか」

「んんむ……じゅるっ、じゅぷぷぷっ」

ちがう。そんなんじゃない。有里は心で叫ぶが、食らいついた肉棒を離そうとはしなかった。

「ハアッ、ハアッ。おお……」

天を仰ぐ和真。いまや太茎は怒髪天を衝《つ》いていた。

「ぷはあっ——ああ、硬くなってる」

呼吸が続かなくなり、有里はいったん口から肉棒を出した。だが、フェラに飽きたのではない。今度は舌を伸ばし、根元から裏筋を舐めあげたのだ。

「ベロッ——」

「ふわあっ、それっ。効くうっ」

和真はいちいち感じていることを言葉にして伝えたので、有里も愛撫するのに張りを感じた。

亀頭まで舐めあげると、舌を尖らせ、鈴割れをつつく。

「あうっ。有里さん、可愛い顔してそんなテクまで――」

「気持ちいい？」

「堪らんに決まってるでしょう。ううっ……」

さらに有里は亀頭を口に含み、くちゅくちゅと舌で転がした。

和真の野太い喘ぎが激しくなる。

「ふうっ。ぬお……すごい。人妻のフェラ」

しかし、しだいに有里もしゃぶり疲れてきた。これが英人なら、とっくに音《ね》を上げている頃なのだ。

かたや和真はギンギンに勃起させたまま、一向に射精しそうになかった。たしかに夫はどちらかと言えば早漏気味だが、同じ年頃でも持続力がこうも違うものか。

そんなことを思いながら、有里はいつしか当たり前のように、夫との営みと比べていることに気付いた。

(あたしは悪い女だわ)

しかし、その罪悪感がさらに欲情を煽り立ててくる。

ついには彼女のほうが音を上げてしまった。

「ぷはっ――ああ、もうダメ。ごめんなさい」

「ああ、いいですよ。十分気持ちよかったし……。で、どうします？」

「挿《い》れて」

もはや行き着くべき場所は、そこしかなかった。

高級ソファの座面は広く、有里が股を開いて、そこに和真が割り込んでも十分余裕があった。

「いやらしいビラビラだ。ねえ、有里さん。本当に挿れちゃっていいんですか」

和真はブリーフを脱ごうとしない。いきり立つ肉棒を飛び出させたままだ。そういう性癖なのだろう。

もはや有里も状況を完全に受け入れていた。

「そう言ってるじゃない。早くして」

「では、仰《おお》せの通りに」

喜色満面の和真が、硬直を花弁に押し当てる。

それだけでもう有里は感じてしまう。

「あんっ……」

「エッチな声上げて。興奮しますよ」

「きて」

有里は辛抱しきれず、自分から腰を迫り上げていった。

反り上がった肉棒が、ずるりと蜜壺に呑み込まれていく。

「うはっ。オマ×コ、ヌルヌルだ」

「ああっ、入ってる」

太茎は根元まで差し込まれていた。玩具とは違う、久しぶりの肉棒の感触に有里は全身が悦びに包まれるのを覚える。

体の上で、和真は彼女の太腿を支えながら、ゆっくりと抽送を始めた。

「ふうっ、ふうっ。おお……中で擦れる」

「ああっ、んふうっ。んっ」

「見た目も綺麗で、オマ×コまで……んぐぅ、これは名器だ」

牝汁は溢れ、掻き回されるたび、入口から噴きこぼれていた。和真はゆったりとしたリズムで、ぬっちゃくっちゃと音を立てながら、徐々にストロークを大きくしていった。

「ハアッ、ハアッ。おお」

「ンハアッ、あっ……んふうっ」

身を委ねる有里は幸福だった。悦楽が全ての気がかりまでを呑み込んでしまったようだ。不安も恐れも、肉体の悦びの前では夢幻のごとく思われてくる。

「ああっ、ステキ。いいわ」

気付くと有里は諸手を差し出し、男を抱き寄せていた。

「おおっ、有里さん」

応じた和真はすかさず人妻の唇を奪う。

「んふうっ、レロッ――」

どちらからともなく舌が伸ばされ、ねっとりと絡みついていた。

「んちゅ……じゅるっ。有里さんのベロ、美味《おい》しい」

「ふぁう……んふうっ、レロ」

愛する人は、今頃別の女と絡み合っているはずだ。有里は夫の存在を意識しながらも、愛欲の行為に没頭していた。

(セックスが、こんなに気持ちよかったなんて)

生活に埋没し、忘れかけていた情熱が蘇る。それは主に下腹部のある箇所からやってくるものだった。

「ンハアッ、ああっ、イイッ」

彼女が苦しげに息をつくと、和真は首筋を舐めてきた。

「うーん、いい匂いだ。ベロッ――」

「はううっ、あんっ」

悩ましげに体をくねらせながら、有里は男の腕をつかむ。悦びが細胞の一つ一つまで染み渡っていくのがわかる。

「ねえ、和真さん」

ふと呼びかけられて、腹上の和真が動きを止める。

「どうしました？」

「後ろから欲しいの。いいでしょう」

「――いいですよ」

人妻からのリクエストに喜びこそすれ、断る理由もないのだろう。和真は素直に応じた。

いったん離れると、有里はソファから降りて、肘掛けに手をついて、前屈みになった。

「いいわ。きて」

「これは絶景だ。有里さん、アナルまで丸見えですよ」

背後に回った和真はそう言うなり、後ろの穴をベロリと舐めた。

不意を突かれた有里は驚く。

「ひゃうっ。ダメ、やめて」

「あんまり愛らしかったんで、つい」

「いいから早く」

たっぷりとした尻を振りたてねだる有里に、和真は好色を隠せない。

「ええ、もちろん。いま挿れますからね」

そして身構える有里の腰を支え、おもむろに硬直を突き込んだ。

「それっ」

「んああーっ」

有里の顎が思わず持ち上がる。これよ。これが欲しかったの。

今度は和真も最初から激しく突き込んできた。

「ハアッ、ハッ、ハッ、ハッ」

「あっ。ああん、ああっ、イイッ」

突かれるたびに息を吐きながら、有里は獣欲を受け入れる。

彼女がバックを所望したのは、一つには夫への遠慮があったかもしれない。不倫相手と顔を見合わせてするのは、愛情への裏切りにも思えたからだ。

だが、もう一つには、単純にそれが気持ちよかったからである。

「あんっ、ああん。いいわっ、イイッ」

「ハッ、ハッ、ハッ、ハッ。おおっ、こっちのほうが締まる」

「奥まで——もっと。あんっ、当たるぅ」

劣情が高まるにつれ、抽送のリズムは大きくゆったりとしたものから、小刻みに速いテンポへと変わっていく。

「おおっ、ほおっ。ふうっ、ふうっ」

和真は人妻の尻肉をつかみながら、肉棒を叩き込んだ。

昂《たか》ぶりが有里の全身を冒《おか》していく。

「あはあっ、ダメ……あたし、もう——」

「もう、なんですか？　ちゃんと言ってください」

「ああん、イヤッ。欲しいの、あたし」

「イキそうなんですか。そうでしょう」

「ああーっ、そうよ。イキそうなの。イイッ」

執拗な問いかけにも素直に答える有里。花弁が肥大し、太茎を咥え込んで離さないのを感じる。

「おほうっ。ああ、僕も……もうダメそうだ」

「いいわ。イイッ、イイッ。もっと」

「有里さん。ああ、最高だ」

「あたしも……ねえ、イッちゃう。イッちゃっていい？」

「いいですよ。僕もすぐ──うっ、おおうっ、出るっ」

限界を告げる和真は、猛烈な勢いでピストンを繰り出した。

蜜壺に牡の欲望が吐き出される。有里は子宮に叩きつけられる熱いものを感じるや、たちまち自分も頂点を迎えた。

「イヤアアアーッ、イクうううーっ」

「ううっ、うっ」

さらに残り汁が搾《しぼ》り出され、結合部からも白濁があふれ出す。

「あひぃっ」

最後に有里は喘ぐと、尻で肉棒を締め上げた。めくるめく官能が全身を浸《ひた》していく。

これでよかったのだ。

「あああ……」

波が引くと、彼女は崩れるようにして床に座り込んだ。肉棒がずるりと抜け落ちた裂け目には、泡立った欲望の跡がしたたり落ちていた。

第三章　不倫する妻・される夫

泉のもとで衝撃的な体験をした後、霧島夫妻はそれでも二人一緒に帰路についた。互いに黙ったままだった。それぞれが相手を裏切ったとわかっている以上、語りかける言葉などあるはずもない。

翌日になっても、英人はまだ現実を受け止められなかった。

（あれは、本当にあったことなのだろうか）

出社し、普通に仕事をしているつもりでも、気付けば妄想に耽《ふけ》ってしまう。一度などは、用もないのに総務部へ足を運び、例の娘を見ながら美佳の鮮烈なボディを思い出したりする始末だった。

だが、色事の思い出は別の記憶も呼び覚ます。

（あのとき有里も、別の男と寝たのだ――）

泉に聞かされた生々しい実況音声が耳に残っている。お互い承知の上とはいえ、どうしても〈妻を寝取られた〉という意識が頭から離れない。そう思うだけで、胸の辺りがモヤモヤとして、掻き毟《むし》りたいような気分に落ち込むのだった。

このままでは社会生活もいずれ破綻してしまうのではないか。英人はそんな葛藤を抱えながら、終日を過ごしていた。

だが、有里も同じような気持ちでいたのだろう。夫が帰宅すると、夕飯もそこそこに例の件を切り出してきたのだ。

「あたしたち、ちゃんと話し合ったほうがいいみたいね」

「え……ああ、うん」

英人は曖昧《あいまい》な態度で答える。思いは同じだが、できれば知りたくないというのも本音だった。

しかし、有里はあくまで現実に向き合おうとした。

「昨日、あたしたち夫婦は不倫サークルへ行った。あなたは別の女性と、あたしは別の男性と関係を持った」

「うん、まあ……。しかし、わざわざ蒸し返さなくても——」

「いいえ、よくない。だって、昨日からあたしたち全然しゃべってないじゃない。それって、あのことのせいでしょ」

「まあ、ね」

英人は食後の熱い茶を啜りながら、そっと妻の表情を窺った。やはり怒っているのだろうか。なんと言っても、泉の所に誘ったのは自分なのだ。

一方、有里は湯呑みをテーブルの上に抱えたまま続ける。

「美佳さんって、どんな女性だったの」

「どんな……って。泉さんから聞いたのか？」

「その女性と何をしたのか、きちんと話してちょうだい。あたしも話すから」

「馬鹿らしい。なんでそんなこと——」

優柔不断な態度をとり続ける夫に対し、有里は業を煮やして嚙《か》みつく。

「あなたね、わかってるの？　泉さんから聞かされたんでしょ、あたしの盗聴音声とかいうやつ」

泉はそこまで彼女に話していたのだ。意外な事実に英人はたじろぐ。

「な、なんで……。ああ、そうだよ。それで俺は、『あいつもやっているんなら、俺だって』ってなったんじゃないか」

「バカねえ」

嘆息する有里に、英人は言葉を失う。

「あんなの、あたしじゃないわ。そんなわけないでしょう」

有里によると、例の音声は盗聴ではなく、録音されたものだということだった。彼は別人の音声を聞かされて、妻の物だと信じ込み、それなら自分もと夫婦の誓いを破ったことになる。

「そんな——ひどいな。あの女、俺を騙したんだ」

「そうよ。だから、あたしはあなたのことを怒ってないの。ね、話してちょうだい」

ともかくも妻に許されたと知り、なぜか英人はホッとしてしまう。相手も不倫したことは別として。

「わかった。何が知りたいんだ」

「若い人だったんでしょう。あなたはまず何をしたの」

「俺は……っていうか、向こうが先に仕掛けてきたんだ。その……マッサージとかそんな感じで」

「どこを」

「どこ、ってそりゃ——大体わかりそうなもんじゃないか」

「でも、興奮したんでしょ」

「う……まあ、俺も男だし」

「あたしとするのと、何が違った？」

有里がとことんまで掘り下げるつもりなのがわかり、英人は混乱した。妻はもともと前向きな性格ではあったものの、こんなに果敢に問題に向き合おうとするような女だとは思っていなかった。ただセックスをして終わりの自分とは違う。

そんな彼女に新鮮な魅力を覚えるが、同時に夫婦のかなりセンシティブな部分に触れるハメになってしまった。

英人の試練が最も厳しくなるのはそれからだった。妻の尋問に答える形で美佳とのプレイを洗いざらい告白させられた後、今度は有里が話す番になったのだ。

「いいわ。何から聞きたい？」

すでに詳細な不倫報告で消耗していた英人は、妻にこう迫られて言葉に詰まる。

「何から——いや、俺は特に」

「ないことはないでしょう。いいから、さっきあたしがしたみたいに訊いて」

「う、うん……」

本当は知りたくなどない。妻が自分と同時刻に不倫していた。それだけでもうお腹いっぱいなのだ。それ以上何を知る必要があるだろうか。

しかし、有里は決して譲らなかった。まるで何か確信しているかのような態度で、自ら進んで話し始めた。

「和真っていう男性だった。あなたと同年代くらいよ。でも、あなたと違って冷たい感じじってていうか、性欲でしか女を見てない、って感じがしたわ」

「ふうん」

妻は自分に気を遣《つか》ってくれているのだろうか。英人はそう思いながら、黙って聞いていた。

「いきなり現れたときはビックリしたわ。パンツ一枚だったんだもの」

「え。パンイチ？　変態かよ」

「そんな感じ。七三分けにメガネだし。で、その男がバイブを持ってて——」

「ちょっ……待て。バイブって言ったか？」

「ええ、あなたが思っている、それよ」

「アダルトグッズの？　だけど、お前」

「あたしだって初めてだわ。彼はそれをあたしの胸の谷間に——」

飛び道具の出現に驚いた英人だが、その後に語られた一部始終については、ほとんど聞いていられなかった。聞くに耐えなかった、といったほうがいいだろう。

自分のことは棚に置き、妻が蹂躙された話を聞くのは、少なくとも気持ちのいいものではない。それが互いに承知の上だとしても、不快さに変わりはなかった。

(俺たち夫婦は、いったいどうなってしまうのだろう)

英人は、背徳行為を語る妻の本心を訝しみながら、一歩踏み出してしまったことの重大さを噛みしめていた。

だが一方で、不可思議な感覚もあった。胸がムカつきながら、なぜか下半身がムズムズしてしまうのだ。

妻を抱いた見知らぬ男への怒りがまずあり、それに引きずり出されるように、得体の知れない昂りを覚えていた。


夫婦で話し合った翌日は、さらに酷《ひど》い気分だった。

(自分の妻が、見知らぬ男に玩具で弄り回されたあげく、最後まで……)

今さら嘆いても始まらないのに、思考は同じ所を繰り返し巡る。

やがて仕事にまで支障が出た。部長に回すべき決済を放置してしまい、部下たちの前で叱られ、恥を掻かされた。

(これも、あの女のせいだ)

英人は自分が落ち着かないのを泉のせいにした。もとの平穏な生活を取り戻したいのはもちろんのこと、昨晩妻の告白を聞いて、理不尽にも欲情してしまった自分が許せない。

思い余った彼は職場から泉に電話した。

「小比類巻さんですか。どうしても聞きたいことがあるんです」

「あら、英人さん。何かしら」

「今日、このあと伺います。いいですか」

「ええ、喜んで。お待ちしていますわ」

クレームのつもりで意気込んだ英人だったが、不躾《ぶしつけ》な訪問にも歓待する泉の鷹揚《おうよう》さに少し拍子抜けしてしまう。

「では、七時過ぎに」

電話を切ると、あとは終業を待つだけとなった。

そして英人はまた泉のマンションを訪れた。約束の時間より少し早い。本当なら少し遅れるくらいでもよかったが、営業職の習性でつい時間厳守してしまう。

(絶対文句を言ってやるんだ)

心のもやを晴らさなければ。そんな焦《あせ》りが彼の中にあった。

かたや泉は相変わらずアンニュイな足取りで現れた。

「ごめんなさい、こんな恰好で。ちょっとエクササイズをしていたの」

「お、お邪魔します……」

実際に泉を前にすると、英人の勢いは出鼻で挫《くじ》かれてしまう。

この日の彼女は、意外にも上下トレーニングウェア姿だった。上は肌も露わなタンクトップ、下はピタピタのレギンスで、肉体の線があからさまに見えている。

「どうしたの。ソファで寛《くつろ》いでいてちょうだい」

「え、ええ……」

リビングに通され、英人は所在なさげにソファに腰掛ける。

（やっぱりいい女だな）

日頃から鍛《きた》えているのだろう、泉のボディは磨《みが》き抜かれていた。乳房は円《まる》く、大きく張り出しており、ちらりと見える腹回りもしっかりとくびれている。何よりむっちりしたヒップは悩ましく、土手の柔らかそうな下腹部も色っぽい。

（バカな。俺は文句を言いに来たのだ）

女主人を好色の目で見かけていることに気付くと、彼は自分を戒《いまし》めた。

「泉さん、俺に嘘をつきましたね」

まずはそこからだ。英人は相手の非を突くことで優位に立とうとした。

ところが、美熟女はまるで動じない。

「まあ、それじゃあ奥様と話し合ったのね。よかったわ」

「よかった——って、どういうことですか。ちっともよくありませんよ」

泉は弁解するどころか、彼が真相を知ったことを喜んでさえいる。

想定を覆された英人は焦ってしまい、かえって核心に迫らざるを得なくなる。

「いや、ですから——ここに来て以来、夫婦の関係が前より悪くなったんです。あなたがその……騙し討ちするみたいにして、俺と有里を——それぞれが相手を裏切らなきゃいけないようにしたせいで」

話がようやく本論に入ったと知り、汗の引いた泉もソファに座る。

「どうして？　お二人とも、とても楽しんでいらしたようだけど」

「それは……まあ、でもその場限りですよ。とはいえ——」

「待って。英人さん、あなたはそもそもあの日、何を求めてここへいらしたの」

問いかける泉の目がまっすぐに見つめていた。

英人は言葉に詰まる。熟女のタンクトップから覗く谷間が眩《まぶ》しい。

「そ、それは、その……そうだ、倦怠期を何とかしようと思って来たんです」

「そうよね。それまでご夫婦の営みがなくなっていたと聞いたわ」

「確かに。ええ、そうです。ですが──」

「それで？　変化はあったのでしょう」

泉に言われて英人は思い起こす。確かに変化はあった。少々荒療治だったとはいえ、互いの性に関心を持ったのは事実である。

「しかし……でも、そのせいで俺は──」

妻の不倫エピソードに勃起しかけてしまったのだ。英人は喉まで出かかった言葉をぐっと呑み込んだ。そこまでは恥ずかしくて言えない。

すると、泉はスッと立ち上がり、作り付けのカウンターに何やら取りに向かう。体にピッタリとしたレギンスのせいで、ヒップが丸見えだ。あそこに思い切りブチ込んだら、どんなに気持ちいいことか。

(泉さんに欲情している場合じゃないだろう)

英人は自分に言い聞かせる。だが、目はおのずと女体を追ってしまう。

するうち泉が戻ってきた。手にはメモを持っている。

「ちょうど英人さんに会ってほしい人がいるの。この人よ」

渡されたメモには名前と住所、連絡先が記されていた。

「中田《なかた》……恵子《けいこ》さん、ですか。何です、この人」

空惚《そらとぼ》ける英人に対し、泉は悪戯っぽい目つきで答えた。

「わかるでしょ。会員さんよ」

「あ。はあ、しかし」

「いいから。騙されたと思って、一度会っていらっしゃい。どうせ一度は騙されたんじゃない」

文句を言いに来たつもりが、新たに会員を紹介されることになった。戸惑いを隠せない英人に、泉は考える隙《すき》を与えない。

「英人さん、あなた昼にちょっとだけ抜け出すことできる？」

「え……はあ、外回りの仕事を入れて、都合をつければ、まあ」

「ならよかった。恵子さんは専業主婦の方なもので、お昼に行ってほしいのよ」

「行くって、ここに書いてある――これ、自宅ですか」

「ええ、そう。あとね、今回は奥さんには内緒で行くのよ」

「はあ、そうします」

最後は、「とにかく行けばわかる」と泉に説得され、英人は渋々訪問を約束し、マンションを後にした。

（なんだかうまく言いくるめられたみたいだな）

そう思いつつも、心の片隅では新たな出会いに期待しているのも事実だった。

翌日の午後、英人はスーツ姿で郊外を訪れた。会社には得意先を回ると言ってあるので、重い営業用の鞄も提げている。

今朝は、有里を避けるようにして家を出た。

（何かおかしいと思われたかな）

あれから妻は不倫サークルの話題を蒸し返さなかった。彼もわざわざ言い出したりせず、あの後泉の所を訪ねたことも黙っていた。

いつしか英人は夫婦の間に秘密を抱えてしまっている。

「ふうーっ」

ため息をつくと、住所の団地に向かった。

昼間の団地は静かだった。たまに幼児を連れた母親が自転車で行き来するくらいだ。

普段企業相手に営業している英人には、少々居心地が悪かった。

（個別セールスをしていると思えばいいんだ）

途中で見かけたセールスマンらしき男を思い出し、勇気を振り絞る。

まもなく目当ての棟を見つけ出し、階段を上る。五階建てだがエレベーターはない。

きっと古い建物なのだろう。

(ここだ。五〇三号室)

表札には、「中田」とだけある。英人はインターフォンを鳴らした。

やや待ってから鉄製の玄関扉が重々しく開く。

「はい」

ショートボブの女性が顔を出した。薄顔だが、涼しげな美人ともいえる。英人は少し気後れしながら言った。

「ご連絡差し上げました、霧島です」

「はあ」

「あの……小比類巻さんから聞いていると思うのですが」

「どうぞ」

少々素っ気なさ過ぎると思われる対応で、中田恵子は客人を家に招き入れた。

(どうなっているんだろう)

英人は彼女の態度を訝しみつつ、亭主が不在の部屋に上がる。

間取りは簡素だった。玄関からすぐがキッチン兼ダイニングとなっており、南側に二室が並んでいる。その一方に案内された。リビングだろう。

「汚いところですが」

恵子は言って、彼を卓袱台《ちゃぶだい》に着かせると、キッチンに茶を淹れに行った。

英人はまんじりともせず室内を眺める。生活感溢れる部屋だった。卓袱台はこたつ兼用だし、壁のカレンダーには業者のロゴが大きく記されている。夫婦の写真などが飾られていることはなく、ごく一般的な家庭に思われた。

しばらくすると、恵子がお盆を持って戻ってきた。

「まだ暑いですから、冷たいのにしました」

「やあ、助かります。喉がカラカラだったもので」

英人は水滴のついたコップを受け取り、冷えた麦茶を飲んだ。薄い。

対面に座る恵子は無言だった。三十三歳ということだが、その割には妙に落ち着いている。化粧は薄く、美人なのだが、どこか生活に疲れている感じもある。

「あのう、改めてお訊ねしますが、私のことは泉さんから——」

「ええ、伺っています。英人さん、ですよね」

「え、ええ。はい。恵子さん、でしたね」

「はい」

それきりまた会話は途切れてしまう。泉の紹介とはいえ、見知らぬ男が家に上がっているのに、まるで警戒心が感じられない。

気まずい沈黙の後、英人はまた口を開いた。

「泉さんの所へはいつから……？　その、会員ですよね」

すると、それまで無表情だった恵子の顔にわずかだが笑みが漏れた。

「ええ、泉さんにはよくしてもらっています。英人さんは入会されたばかりだそうですね」

「そうなんですよ。泉さんにはもう驚かされてばかりで」

少し会話が流れ出し、英人はホッと胸をなで下ろす。

「恵子さんはどうです。ご夫婦で参加なさっているんでしょう」

「ええ。おかげで以前に比べて、お互いを尊重し合えるようになりました」

「へえ。そういうもんですか」

言葉を交わすにつれ、英人の恵子に対する印象は変わっていく。最初は冷たい感じかと思ったが、そうではないらしい。しゃべり方と口数の問題だ。人付き合いがよく明るい有里と比べたせいで、悪く捉えてしまっていたようだ。

訪問時の素っ気なく見えた態度も、実際は勘違いなのかもしれない。

よく見れば、恵子は肩も露わなノースリーブに、人妻が穿くには少々短すぎるとも思われるミニスカート姿だった。正座していると、膝上までが丸見えだ。

（明らかに俺が来るのを待ち構えていたらしい）

地味な質《たち》の人妻だけに気付きにくいが、改めてそう言う目で見ると、ひどくふしだらに感じられるから不思議だ。

ノースリーブから覗く二の腕が白く、むっちりとしていた。

（ごくり――）

英人は思わず生唾を飲む。いきなりあの腕に噛みついたら、彼女はどんな声を出すのだろう。

「今年は残暑が厳しいですね」

恵子の声に不意を突かれた英人はたじろいでしまう。

「え……あ、はあ。そうですね」

「この季節にもキチンとネクタイを締めていらして、大変じゃありません？」

人妻の視線が胸元に注がれていた。脱げということだろうか。

（つまり、彼女は俺を誘っている？）

そう意識し出すと、急に緊張してきた。英人は焦ったあまり、返事もしないでネクタイを緩め、ジャケットを脱いだ。

すると、恵子はすぐに立って、ジャケットを受け取る。

「掛けておきますね」

「はあ、ありがとうございます」

英人は促されるままジャケットを渡し、恵子がハンガーを鴨居《かもい》に掛けるのを眺めていた。

後ろを向いた恵子の脹ら脛が白く眩しい。膝の裏の窪みが、しばらく正座していたせいで赤く染まっているのが、やけにリアルだ。

(亭主のいない自宅で、これから俺はこの人妻と——)

最初からそのつもりのはずが、意識すると緊張してしまう。

これは現実だろうか。まもなく恵子は再び座ったが、英人の視線はスカートの陰になった太腿に注がれていた。

(いやらしい人妻の体が、ここに……)

なぜ自宅で不倫したがるのか不明だが、相当な好き者であることは間違いない。客観的に見れば、恵子の挙措《きよそ》に変わった点は一切ないのにもかかわらず、欲望に目の曇った英人には、そのいちいちが誘惑しているように思えた。

しかし、恵子の側からすれば、彼は慎重過ぎると感じられたようだ。

「どうします？」

「え……？」

突然問われ、英人は戸惑う。

恵子は正座の足を崩し、彼の側までにじり寄ってきた。

「しないんですか」

「しない……ことはありませんけど」

女の化粧臭い匂いに息が詰まる。プルンとした唇が、もの問いたげにこちらを見つめているような気がする。

英人は興奮を覚えながら、恐る恐る人妻の太腿に手を這わせた。

「スベスベだ」

「あ……英人さん、いやらしい」

「だって奥さんが——恵子さんから誘ったんじゃありませんか」

「触ってなんて言ってないわ。それも、そんないやらしく」

控えめながら恵子の呼吸も乱れていた。英人が太腿を撫でさするうち、徐々に脚が開いていく。

「ハアッ、ハアッ。恵子さんからいい匂いがする」

英人は手で太腿を這い上りながら、恵子のうなじに顔を突っ込む。

「あっ、イヤ……」

「もう我慢できない。恵子さん——」

甘い香りに包まれながら、英人は白いうなじを後れ毛ごと舐めた。

とたんにビクンと震える恵子。

「はうっ……いけないわ。そんな風にされたらわたし——」

「どうなるんですか。教えてください」

「わたし……乱れてしまう」

「乱れていいじゃないですか。恵子さんが乱れるところを見せてください」

英人は囁きつつ、欲望に駆られて、柔らかな耳たぶを甘く咬んだ。

「ああんっ、ダメ……弱いの、そこ」

恵子はされるがままに身を委ね、さらに体を寄せてきた。白い二の腕が押しつけられ、ワイシャツ越しに女体の温もりが感じられた。

英人から当初の迷いは消え、熱く滾《たぎ》るリビドーが行為を駆り立てる。

「恵子さん——」

たぐる指が太腿の付け根に達していた。パンティは一瞬触れただけで、ムンムンと蒸れているのがわかる。薄い布越しにザラザラとした恥毛の感触がする。

だが、そのとき恵子がふと呟いたのだ。

「夫が――インポなの」

「え」

脈絡のなさに愛撫の手が一瞬止まる。恵子は喘ぎながら続けた。

「オチ×チンが勃起しないのよ」

「ああ……」

またた。英人は思った。最初の美佳も、老齢の夫がインポで悩んでいた。すると、彼女も同じなのだろうか。

ところが、すぐに矛盾するようなことを言った。

「全然勃起しないわけじゃないの。普通には、ダメなのよ」

「どういうこと？　普通じゃなければ大丈夫なわけ」

英人は会話の調子を合わせていたが、真剣に聞いているわけではない。彼女が口にする夫への不満は、不倫の背徳感を盛り上げるスパイスくらいに思っていたのだ。もはや彼はそれくらい不純な行為に没頭しており、二度目にして早くも不倫に対するハードルが下がっていた。

指はすでにクロッチを捕らえていた。

「ハアッ、ハアッ。恵子さんのここ、もうグチョグチョだよ」

「あっ、イヤ……そこは、あんっ」

右手で媚肉《びにく》を愛撫しながら、左腕を回し、ノースリーブの上から乳房をもぎ取る。

「ああ、オッパイも柔らかい」

「あっふ……いけないわ」

恵子は身を捩って嫌がるフリをする。その抵抗は弱々しく、あくまで媚態であるとわかる。

女の体臭を嗅ぎながら、英人はふと思う。

(人妻の自宅でこんなこと——まるで間男《まおとこ》になったみたいだ)

亭主の目を盗み、セールスの振りをして、昼日中の団地でまぐわう。まさに今彼がやっていることだが、異なるのは二人とも不倫サークルの会員であるということだ。

(だけど、不倫は不倫なのだ)

しだいに現実と舞台設定の境界が曖昧になっていく。

「ハアッ、ハアッ。恵子さん」

ノースリーブの裾から手が潜り込み、ブラを押し上げて乳房を直接揉みしだく。

「ああっ、いけませんわ。英人さん」

恵子は苦しそうな息を吐いた。愛欲と不貞を働く辛さに引き裂かれた、人妻の悩ましい思いを表わしているようだ。

英人のスラックスはテントを張っていた。

「恵子さんのここ――」

右手の指が下着の裾をめくり上げる。

敏感な部分に、男の指が触れた。

「んああっ、ダメ……」

「これがいいの？　ああ、クリもビンビンになっている」

「だって……あんっ、ダメぇ」

肉芽を刺激されると、恵子は太腿を締めつけて喘いだ。

すべては畳に敷かれたラグマットの上で行われていた。恵子に半ば覆い被さる恰好の英人は床に近く、ラグマットに残る染みにリアルな生活感を覚えていた。

「下着がグチョグチョで気持ち悪いわ」

「じゃあ、脱いでしまおうか」

英人は答えつつ、まずは自分からワイシャツを脱ぐ。

「さあ、今度は奥さんの番だ」

「脱がせて」

口調こそ物静かであるが、人妻の要求は男を欲情させた。

英人は恵子の服に手をかけ、裏返すように首から抜き取る。ブラに支えられた膨らみは、しっとりと汗が滲んでいた。

「ああ、恵子さん――」

昂ぶりが抑えきれず、彼は乱暴にブラを引き剥がすと、まろび出た乳首に吸いついた。

「ああん」

「ちゅぱっ、ちゅぽっ」

恵子は色っぽい声をあげながら、床に倒れ込んでいく。追いすがるようにして英人も上に覆い被さっていった。

「ハアッ、ハアッ」

硬くしこった尖りを口に含み、舌で転がしながら、英人はスカートにも手をかけていく。

「ああっ、ステキ――」

男の頭を抱える恵子は夢見るように喘ぎ、自らも彼の股間に手を伸ばした。

「ハアッ、ハアッ、ハアッ」

「ああっ……んっ、あふっ」

英人がスカートのホックを外し、尻から抜く間に、恵子も彼のズボンを開放し、わななく手で下着ごとズリ下ろしていく。

だが、そのときふと彼女が言い出した。

「実は──亭主が、今も隠れてわたしたちを見ているの」

「え……？」

一瞬、英人は彼女が何を言っているのかわからなかった。

「それ、どういうこと？」

「そこの押し入れに隠れて、わたしたちのことを覗いているのよ」

ウソだろ──英人は思わず絶句する。最初は、彼女が冗談を言っているのだと思ったが、人妻の目は真剣だった。

「ちょっと……何のことか、ちゃんと教えてくれないか」

「ああん、ダメ。手を止めちゃ、イヤ」

衝撃の告白に驚く英人に対し、恵子は愛撫の手を止めようとしない。

「あっ……」

気付いたときには、英人は勃起した肉棒を晒していた。

「すごい。こんなに硬くなってる」

恵子は惚れ惚れしたように言いながら、ゆっくりと陰茎を扱き始める。

「あふっ……うう、恵子さん――」

「さっき、亭主が普通じゃ勃起しないって言いましたよね」

「う……うん、言ってた」

愛撫しながら語り始める人妻に、英人は呻きながらも相槌を打つ。

「つまり、そういうことなの。彼は、わたしが他人とエッチしているのを見ながらじゃないと、興奮できないタイプなのよ」

「ああ……なるほど」

妻や恋人を寝取られて欲情する人間がいると聞いたことはある。しかし、実際に出くわすのは初めてだった。

（だけど、俺も――）

有里の体験談を聞いて、ムラムラしてしまったことを思い出す。では、あれも同質のものなのか。これまで言葉にできなかった自分に対する不安が、人妻の夫に仮託して、すらすらと疑問の形で出てくる。

「だけど旦那さんは——本当に今もいる？」

「ええ、そこの押し入れに」

恵子が視線で示し、英人も目で追う。よく見ると、たしかにほんの少しだが、扉に隙間が空いていた。

すると、英人のためらいを察したのだろう。恵子の肉棒を握る手に力がこもる。

「ダメよ、そっちを見ないで。あたしのも触って」

「ああ……」

英人は答えるが、意識するなと言うほうが無理というものだ。しかし、なぜかしら驚きや緊張とともに、見られているということが興奮を誘うのだ。

「ハアッ、ハアッ」

彼は半ば捨て鉢になり、恵子の秘部に手をやった。

「はうっ、イイッ……感じちゃう」

「こんなに濡れて——いやらしい奥さんだ」

「ああっ、本当は言いたくなかったのよ。でも、泉さんから、英人さんには言うようにって念を押されたものだから」

「泉さんが……」

やはりあの女は、何か感づいていたのだ。英人は、泉のすべてを見通すような目を思い出し、ゾッとすると同時に、何かに縋《すが》りついてでも、今の不安定な状態をどうにかしたいという思いに駆られていた。

すると、今日のことを有里に内緒にしてきたのも、泉の深謀遠慮があってのことなのだろうか。考えれば考えるほど、あの女主人の手のひらで転がされているような気になってくる。

しかし、彼がそうして思いに耽っていたせいか、恵子は次第に不安を感じ始めていたらしく、いきなりしがみついてきた。

「ねえ、帰るなんて言わないでしょ。ね？　言わないわね」

彼女の不安はわかるような気がした。一つ屋根の下に亭主がいると知って、普通の男なら脱兎のごとく逃げ出してしまってもおかしくはない。

英人はそんな彼女を安心させるように言った。

「帰ったりしないよ、約束する」

「ああ、うれしい」

縋りつく女の肌を感じながら、英人は自分の秘めた欲望に向き合うことにした。

（しかし、亭主の見ている前だぞ）

葛藤が胸の中に渦巻く。

すると、恵子がさらに体重を預けてのしかかってきた。

「英人さん。気の毒な女だと思って、慰めてくれませんか」

乳房を押しつけ、太腿で脚を挟み込んでくる。

「ああ……」

女体の温もりに英人は頭がクラクラしてきた。いずれにせよ、恵子は直接亭主とは繋《つな》がれない。自分という第三者が介在することで、ようやく夫婦としての愛の絆《きずな》を確かめられるというわけだ。

（だったら、俺はいいことをしているんじゃないか）

こみ上げてくる欲求が、あざとい論理を駆使して行為を正当化する。

ついに恵子は彼を押し倒してしまう。

「ああ、英人さん……」

「う……」

英人に戦慄が走る。がばと伏した恵子が、乳首に吸いついてきたのだ。

「んふうっ、ん……ペロッ」

ちになる。

「はううっ」

人妻の舌が肌を舐め、くすぐったいような、居ても立ってもいられないような気持

「おお、恵子さん、いやらしい」

「んんっ、だって……英人さんのこれが欲しいんだもん」

彼女は言うなり、またペニスを握り締めてきた。

すでに七分勃ちしていた肉棒が、待ちかねた悦びに身を反らせる。

「はうっ、恵子さんっ、はげし――」

「ああん、大きいの。それに、とても硬い」

初対面での地味な印象はどこへやら、恵子は息を荒らげて手淫してきた。

「ちょうだい。これをわたしのアソコに挿れて」

そう言うものの、彼女は返事を待たず、彼の下着を下ろしてしまう。

いまや完勃起した肉棒は、外気に触れてさらにそそり立つ。

「いい？　ねえ、わたしもう我慢できない」

顔を間近にして言われ、英人も観念した。

「いいよ。俺も――俺も、恵子さんに挿れたい」

「うれしい」

恵子は吐息交じりに言うと、急いで自ら下着を脱いでいく。

だが、英人の中にはまだ理性も残っていた。

(これを全部亭主が見ているんだ)

そう思うと、なぜかやるせない気持ちになってくるのだ。彼女の夫を自分と置き換えてしまうのだろう。

もし、自分が亭主と同じ立場におかれたら、絶対耐えられないだろう。泉のマンションでは、直接妻の不貞を目にしたわけではない。それでもあれほど胸が苦しかったのだ。

英人が物思いに耽るうち、恵子は生まれたままの姿となっていた。

「わたし、エッチするときとても乱れるの。恥ずかしいから、あんまり見ないでね」

そんなことを言いながら、彼女は肉棒を握りっぱなしだった。

一方、夫としての苦悩に揺れる英人だが、体の一部だけはしっかり快感に反応している。

「恵子さんの体、柔らかいですね。どこもフワフワだ」

覆い被さる人妻の乳房が釣り鐘のようにぶら下がり、思わず両手で二つの膨らみを揉みしだいていた。

「あっ。お世辞でもうれしい」

「お世辞なんかじゃない。本当に——ああ、こんな柔らかいオッパイ初めてだ」

実際、双乳は柔らかかった。どこを揉んでもつかみ所がなく、力を入れるなりに形を変えていく。

それでも、乳首はしっかり勃起していた。色白な肌と対照的に少し濃いめの茶褐色で、乳輪が小さく、縦に長い乳首だった。

英人は指先でそれをつまむと、古いラジオでチューニングするようにコリコリと捏《こ》ねまわした。

「あんっ、イッ……」

すると、恵子も可愛らしい声をあげて感じるが、その間にも捕まえた肉棒を自らの秘部に導いていった。

濡れそぼった花弁が、敏感な亀頭に触れる。

「おうっ、恵子さん」

「あなたが、欲しい」

だが、彼女の言う「あなた」とは誰のことか？　状況から英人を指すと思われるが、あるいは直接愛し合えない夫に向かって言ったという可能性もある。

（後者なら、俺は何なんだ——）

そこには他人が決して入り込めない、夫婦だけの関係があるような気がした。

しかし、いったん堰《せき》を切った劣情は止まらない。

「んああ……入ってくる」

恵子は喘ぎつつ、ゆっくりと腰を沈めていった。

ぬめらかな肉壁が太茎を包んでいく。英人は長く息を吐く。

「おおお……中が熱い。オマ×コにくるまれていくみたいだ」

「んふうっ。英人さんのオチ×チンも、真っ赤になった鉄みたいに熱いわ」

部屋にはレースのカーテン越しに、昼の光が差し込んでいた。生活臭漂う団地の中で、外ではときおり幼い子供が母親を呼ぶ声がする。

「ふうっ、奥まで入った」

「ああ、ずっとこのままでいたいくらいだよ」

まるで絵に描いたような昼下がりの情事に、葛藤していた英人もしだいに昂ぶりを覚えていった。間男の役割も、そんなに悪くない気がしてくる。

上に乗った恵子は、蜜壺で肉棒を咥え込むと、上体を起こしていった。

「わたしね、以前にたまたま家に来たセールスマンと、こういうことをしたことがあるのよ」

「本当に？　ラッキーな男だな」

「宅配の人とも。わたし、変態みたい」

「ああ、そうらしい」

彼女の言葉が事実か否かはわからない。だが、たとえこの場を盛り上げるための嘘だとしても、彼女が変態じみていることには変わりない。

しかも、おかしなことに、英人はそれを聞いて興奮してしまったのだ。

「ああ、なんてエロいオマ×コだ。ブチ込みまくってやる」

「きて。わたしのアソコ、壊しちゃって」

恵子は言葉責めに反応し、身を震わせると、おもむろに腰を使ってきた。

「んはあっ、ああっ、イイッ」

「ぬはっ……おお、ぬめる」

戦慄が、体の中心から全身に広がっていく。蜜壺はやたら締めつけてくるのではなく、ふんわりと包み込んできた。しかしぬめりと相まって、しっとりときめ細やかに扇動してくるのだ。

恵子は彼の腹に両手を乗せて、尻を上下に揺らした。

「ああん。ハアッ、イイッ」

「ハアッ、ハアッ。おお……」

人妻の腰使いは達者だった。しんねりと尻を挽《ひ》き臼《うす》のように回し、ときおり思い出したように引き上げる。

それがまた巧みなのだ。媚肉の吸い付きで、カリが引っ張られるように感じる。

「くはあっ、恵子さんのオマ×コすごい」

英人は、ただ仰向《あおむ》けになって身を委ねていればよかった。

(これも、亭主は一部始終を見ているわけか)

悦楽の最中で、彼は押し入れに隠れているであろう亭主を意識していた。一瞬でも姿を現さないでいてくれるのは、こちらとしては助かる。英人にとっては、今のところ恵子の夫というのは、単なるイメージ上の存在にすぎなかった。

「ハアッ、ハアッ、ハアッ」

「あっふ……ああっ、中でどんどん大きくなってくみたい」

恵子はことさらに彼のペニスについて言及した。

(亭主に聞かせて、嫉妬を煽《あお》り立てているのだろうか)

狭い所にこもる亭主が想起され、英人は何故だか哀しくなってくる。

抽象的な男の姿は、そのまま彼自身になっていた。自分の妻が見ず知らずの他人に秘部を晒し、あまつさえ悦楽に我を忘れているのだ。

(そんなの、俺なら耐えられない——)

グッとこみ上げるものが胸に迫る。だが、なぜだろう。それと同時に、女体内の逸物がやたら敏感になったかのごとく感じられてきたのだ。

「くうっ、けっ、恵子さん」

「んっ、ああっ……なに?」

「俺、上になりたい。いいかな」

「いいわ。ええ」

危ないところだった。英人は漏れそうなのをギリギリ持ちこたえた。

恵子は素直に従い、いったん離れてから横たわる。

上になった英人は人妻の脚を開かせ、その間に割り込んだ。

「いくよ」

「きて」

恵子は潤《うる》んだ瞳で見つめ返してきた。三十三歳といえば女盛り。とっくに渋皮は剝《む》けて、輝かんばかりにみずみずしい二十代を過ごし、結婚もして、落ち着きとともに艶を増した頃合いである。

ごく単純に男がむしゃぶりつきたくなるのは当然だった。

「恵子さんっ」

英人は呼ぶとともに肉棒を差し込んだ。

「あんっ、また入ってきた――」

再訪を歓迎する団地妻。顎を上げて白い喉首を晒し、身をわななかせて太竿を受け入れる。

あっけないほどスムーズな挿入だった。蜜壺は入口を締めつけはせず、粘液の働きもあって、するりと通り抜けた。

根元まで入れたところで、英人はいったん息をつく。

目の前には股間を貫かれ、しどけなく濡れた唇をわずかに開いた、人妻の顔。

「恵子さん」

英人は、やや性急に恵子の頭を抱えるようにして引き寄せ、すかさず唇を重ねた。

唇同士が触れるやいなや、双方が舌を伸ばして粘膜を絡め合う。

「んふうっ、んっ……レロッ」

「ふぁう……ちゅぽっ、ルロッ」

恵子は目を閉じ、鼻で荒い息をつきながら、熱い舌を波打たせた。

英人も無我夢中で人妻の唾液を貪る。

ずっぷりとはまり込んだ肉棒をうねらせると、堪えきれないように恵子が呻く。その緩んだ唇にさらに舌を押し入れ、上と下の粘膜のなかに居座った。

「んぐ……ちゅろっ、ふぁう」

そうすると同時に、また挿れっぱなしだった肉棒を動かし始めた。

口を塞がれた恵子が呻《うめ》く。

「んむうっ、んんっ……んああっ」

しだいに英人のストロークが大きくなっていくと、彼女はついに堪えきれず舌を解《ほど》いてしまった。

舌の縛りが解け、英人はさらに本腰を入れる。

「ハアッ、ハアッ。おお……」

「あんっ、ああっ、イイ……」

英人は両手で彼女の尻の辺りをまさぐりながら、媚肉の感触を味わっていた。

(俺は、他人の奥さんを犯しているのだ)

騎乗位の受け身でいるときより、一層その感が強くなる。

彼は今、わが妻を寝取られる哀しい夫に自分を重ねながら、人妻を寝取る間男の悦びを貪っていた。本来なら許されざるべき状況に、異様な興奮を覚えてしまっていることも共通していた。

一つだけ違いがあるとすれば、彼はまだ妻の不貞現場をこっそり盗み見るような真似をしたいとは思っていないことだった。

「ハアッ、ハアッ、ハアッ、ハアッ」

「あんっ、あっ。イイッ、んっ」

リズミカルな腰使いに、恵子は喘ぎ声で答えた。彼女の柔らかすぎる乳房は左右にこぼれ落ち、それと同じように両脚も徐々に開いていった。

「なんていやらしい体をしているんだ」

思わず英人が感想を漏らすと、恵子はトロンとした目つきで見上げる。

「硬いオチ×チンのせいだわ。英人さんの硬いオチ×チン」

「人妻が、昼間からこんなことしてて……ううっ、いいと思ってるの」

「よくないに決まってるわ。旦那に隠れて……あんっ。わたし、いけない女ね」

愉悦に浸りきっているなかでも、恵子は夫から奪われる人妻という自分の役割に没《ぼっ》入《にゅう》している。同時にそれは、英人を奪う興奮で昂ぶらせるのだ。

「ハアッ、ハアッ。ああ、気持ちいい……」

もとより早漏気味だった英人は、有里との夫婦の営みにおいて、抽送時にはなんとか射精しないことを意識するのが精一杯だった。ときに体調によっては長く保つこともあり、そんなときは妙な誇らしさを感じたものだ。

それが、恵子との行為では、抽送そのものの快感をしっかりと味わえた。単純に蜜壺の形状が違うせいかもしれない。あるいは、恵子を夫の見ている前で堕とそうという、かつてない衝動が生まれつつあるのかもしれない。

牡としての自信を取り戻した彼は、猛々《たけだけ》しく唸りを上げた。

「うおぉ、恵子さん」

「あはあっ、もっときてぇ」

一方、恵子は最初から仕組まれた不貞に入れ込んでいる。

「ハアッ、ハアッ」

英人は荒い息をつきながら、両腕に彼女の太腿を抱え込む。

「あんっ、あんっ、イイッ、イイッ」

恵子はひたすら官能に溺れている。

そして英人は抱えた太腿を力任せに持ち上げた。

「それっ――」

「ああっ……」

人妻の尻が宙に持ち上がり、体がくの字に折り畳まれる。膝は両肩のほうを指し、蜜壺がばっくりと上向きに開いた形になった。

いわゆるマングリ返しの体位となり、英人は上から鉄槌《てっつい》を叩きつける。

「どうだっ、ぬおっ、これが、いいかっ」

「はひっ……あああっ、ダメえええっ」

恵子の喘ぎ声は、不自然な姿勢のためくぐもりがちになるものの、それでも声音の調子に愉悦の高まりを示していた。

ここに至り、もはや英人の頭の中から雑念は消えていた。

「ハアッ、ハアッ。これで、どうだ」

「あっふ。ああん、いいわ。イイッ」

「どういいんだ？　他人の夫のチ×ポは、そんなにいいか」

「イイッ、イイッ。好き。チ×ポ」

恵子は昂《たか》ぶりのあまり、ぶつ切りの単語でしか答えられない。

英人は人妻の尻に恥骨を叩きつけ、ぴたんぴたんと音を立てた。

「おおっ……ハアッ、ダメだ。もう出そう」

それまで漸進的《ぜんしん》だった快感が、いきなり急上昇を示す。陰嚢の裏側辺りから、悦びの塊が爆発の予兆をもって突き上げてきた。

「んああっ、イイッ。きてぇ。わたしも、イク」

だが、恵子もまた悦楽のプラトーを迎えているようだった。折り畳まれた体にはじっとりと汗を滲ませ、首筋を真っ赤にして、短く浅い息を吐いている。

英人はラストスパートをかけた。

「うおおっ、出すぞ。イクぞ、いいか」

「きて……んはあっ、イクッ、イッちゃうぅぅ」

恵子の体がグッと沈み込んだと思われた瞬間、ふいに蜜壺が締めつけてきた。

これには英人も堪らない。

「はうっ……出るっ」

白濁液が重力に従って大量に放出される。

射精を受け止めた恵子も感に耐えない喘ぎで応える。

「あっひ……ダメ。イク……イックうううっ」

宣言すると同時にビクンビクンと体を震わせ、両脚を彼の背中に絡みつけてきた。

「はうっ、あんっ、イイッ」

そして立て続けに絶頂したのか、もう一度大きく体を波打たせると、絡みつけた脚から力が抜けて、またぶらんと宙に漂った。

「ハアッ、ハアッ、ハアッ、ハアッ」

射精した後も、英人はしばらく呼吸を荒らげていた。凄まじい一発だった。体を引き離そうとするが、あまりの衝撃に肉体から魂が抜け出てしまったようで、身動き一つとれない気がするのだった。


ぐったりと座り込む英人。壁を背もたれ代わりにして呼吸を整えていた。

「すごくよかったよ」

一方の恵子も、ようやく床から起き上がったところだ。全身汗にまみれ、まだ体が火照《ほて》っているのがわかる。

「わたしも……二回もイッちゃった」

「ところで、その――」

言いかけた英人は押し入れを見る。

視線で意味を覚った恵子が答える。

「あの人ならいいの。あなたが帰るまで出てきませんから」

「そうなんだ」

相変わらず姿を見せない亭主に落ち着かないものを覚える。とはいえ、今しがた人妻に中出ししたところで、いざ顔を合わせるとなれば、それはそれで辛い。

しかし、すぐそばに人の気配は感じていた。自分も必死で抽送していたから確かではないが、ときおり押し入れから獣の唸るような声がしていたのだ。

(俺と彼女がしているのを覗いて、亭主が欲情して扱いていた――)

置かれている立場の異常さが、改めて胸に染みる。

(それでも、俺は勃起していたのだ)

四十になり、すっかり衰えたと思い込んでいた自分の精力が、かくも異様な状況下で立派に仕事を果たしたのだ。あるいは、異様な状況下だからこそ、猛烈に興奮してしまったのかもしれない。

「ねえ、英人さん」

ふと恵子が声をかけてくる。

「ん?」

「英人さんのそれ、まだ収まっていないみたい」

指摘《してき》されて見ると、彼の逸物はいまだ半勃ちの状態だった。

「本当だ、信じられない。まさか」

「うれしいわ。それだけ興奮してくれたってことでしょう」

恵子は、脚を崩したアンニュイな姿勢で流し目を送る。

だが、なぜか英人は言い訳してしまう。

「う、うん。それは……でも、そのうち収まるよ」

「そう？　わたしには、そんな感じに見えないけど」

彼女は言うと、英人のほうへにじり寄ってきた。

「恵子さん、どうするつもり――」

「どうしてほしい？」

上目遣いで訊ねられ、英人は思わず生唾を飲む。

恵子はついに鈍重な獣を捕まえにきた。

「いっぱい汚れてしまったし、きれいにしてあげる」

「いいって。本当に……はうっ」

英人が見守るうちに、恵子は愛液塗《まみ》れの肉棒を咥えてしまった。

「んふうっ、たくさんいやらしいことしたオチ×チン」

「おお……マズいって。そんな激しく——ぬはっ」

射精したばかりの肉棒は敏感になっていた。亀頭を舌で転がされると、ザラザラした表面が擦れて、居ても立ってもいられないような気分になる。

「ハアッ、ハアッ。なんていやらしい奥さんなんだ」

「んん……だって、オチ×チンが美味しいんですもの」

恵子は股間に身を伏せて、熱心に太茎をねぶった。

脚を投げ出した英人は、悦楽にねじ伏せられていた。

「くはあっ。んむむ……うう、出したばかりだというのに」

英人は元来早漏ぎみの上、そう何発も立て続けにできるほどの精力家ではなかった。だから、自分の今の状態が、にわかには信じがたかったのだ。

しかし、恵子には彼の日常など知ったことではない。

「んふうっ、おいひ——おチ×ポ、独り占めしてしまいたい」

などと卑猥な独占欲を連ねつつ、無我夢中でしゃぶりついていた。

「ハアッ、ハアッ、ハアッ、ハアッ」

英人は喉を喘がせていた。呼吸が苦しい。営業職とはいえ、役職についてからほとんど運動しなくなったせいで、心肺機能がついていかなかったのだ。

しかし、生理機能のほうは問題なく働いていた。

「ううっ……ヤバい。またイキそうだ」

抽送では普段より長保ちしたものの、今度は瞬《また》く間に射精感がこみ上げてくる。

それも恵子は手を使わず、口だけで奉仕していたのだ。

「んぐっ、んむう、じゅるっ、じゅるるっ」

「ハアッ、ハアッ、ああ、ダメだ……」

一発目と違い、予兆から徐々に迫り上げてくる感じではなかった。「くる」と思うやいなや、一気に突き抜けるような爆発がやってくる予兆がある。

「ま、待って」

慌てて彼は口舌奉仕を止めさせる。

強引に押し退《の》けられ、顔を上げた恵子は不審な目を返す。

「どうして――」

英人としても、このまま口に出したかった。だが、果てる寸前に押し入れの亭主を思い起こしたのだ。

(妻が穢《けが》される場面を見せてあげたい)

何故そう思ったのかはわからない。ただ、同じ夫として、人妻を借りた恩を返したいと感じたのだ。

フェラを途中で止められ、起き上がろうとする恵子を引き留める。

「頼む、そのままでいて」

「――うん、いいわ」

人妻はすぐに請け合った。彼のしようとすることがわかったのだ。さすが経験豊富なだけはある。

英人は立ち上がると、股間を恵子の前に突き出して、自分の手で肉棒を扱きだした。

「ハアッ、ハアッ、ハアッ、ハアッ、ハアッ」

「すごい。こんな近くで、男の人がシコシコするのを見るのは初めて」

「そう？　ああ、俺も興奮するよ」

「お汁が出てきた。頑張って」

「うん、うん……ううっ、顔で、顔で受けてっ――」

竿先から白濁がどっと飛び出した。勢いよく出た精液は放物線を描き、仰《あお》ぎ見るようにしていた恵子の口元から顔全体を汚す。

「ひゃうっ、熱いっ」

思わず声をあげる恵子。だが、避けはしなかった。

肉棒を扱く手が、徐々に動きを止めていく。

「ハアッ、ハアッ、ハアッ。ああ、出ちゃった」

嘆息混じりの言葉のうちには、彼女の夫に対する「見てくれましたか？」という思いも込められていた。

一方、白濁塗《まみ》れになった恵子は、顔の汚れを手で確かめていた。

「すごい勢いだったわ。英人さんって、スタミナがあるのね」

彼女は言いながら、牡汁のついた指を美味しそうに吸った。


事が終わり、二人とも服を着直していた。結局、最後まで彼女の夫は押し入れから出てこなかった。

恵子も、また元の団地妻らしくなっていた。

「今日はありがとう。いろいろと無理を言って、ごめんなさいね」

「何を言うんだ。こちらこそ。いろいろと勉強になったよ」

実際、英人は自分が何かをつかんだ気がしていた。泉が、彼女に会うよう勧めたのも、今となっては感謝すらしている。

玄関口まで見送りに来た恵子は言った。

「夫やわたしのこと、軽蔑しているでしょ。変態だって」

「いや、そんな風に思っていないさ。本音を言えば、最初は少しおかしいんじゃないかと思ってたけどね」

「英人さんって、優しいのね」

「だって本心だもの」

すると、恵子は少し言葉に詰まる様子を見せた。自分では受け入れているつもりでも、何かと辛いところはあるのだろう。英人には、彼女の気持ちもわかるような気がした。

しかし、恵子は毅然と顔を上げて言った。

「でも、これがわたしたち夫婦の愛の形なの」

団地を後にする英人は、彼女の最後の言葉をしみじみと嚙みしめるのだった。

第四章　上司の指責め

近頃、英人の様子がおかしい。有里は夫がここ数日、自分を避けているような気がしていた。

とくに、泉のところへ行った翌々日辺りから目につくようだ。

（やっぱりあの話し合いがよくなかったのかしら）

夫婦で互いに不倫した内容を打ち明け合うというのは、よくよく考えれば、たしかにまともとは思えない。

しかし有里からすれば、そうするのが当然であった。わざわざ夫婦揃って不倫サークルへ行って、それぞれに経験したことを互いに知らないでは、何のためにリスクを冒《おか》したのかわからないではないか。

そして、彼女自身にも変化はあった。

あの日以来――つまり和真との肉交があってから、妙に体が疼《うず》くのだ。

（いやだわ、あたし……）

それはふとした瞬間、例えばぼんやり昼ドラを見ているときなど、突然体の芯が熱く感じられ、しばらくしていなかったオナニーをしてしまったりするのだ。

だからといって、不貞行為がしたいわけではない。彼女はあくまでも夫を愛しているつもりでいた。

しかし、それと夫婦の営みとは別だった。お互い様とはいえ、やはりほかの女を抱いた夫を本能的に忌避してしまうのだ。

（このままじゃ、あたしたちは壊れてしまう――）

当初有里が英人の提案に乗ったのは、目新しい体験をして、夫婦生活にちょっとしたスパイスにでもなれば、というつもりだった。要するに、「雨降って地固まる」というやつだ。

ところが、実際はその正反対の結果になろうとしている。

「泉さんに、退会させてもらうように言おう」

思い立った有里は、早速泉に連絡してアポイントを取り付けた。退会を申し出るだけなら電話一本でも済む話だが、彼女は元来能動的な人間だった。きちんと顔を合わせて、その理由も伝えたかったのである。

有里が泉のマンションを訪ねたのは、昼下がりのことだった。

英人には、この訪問について知らせていなかった。男の生理は据え膳に弱い。目の前にご馳走を並べられたら、食らいつかずにはいられない生物なのだ。泉の婀娜《あだ》な色っぽさも、女である自分なら惑わされることもないだろう。

「ようこそ有里さん。お待ちしていましたわ」

「突然お訪ねしてすみません」

出迎えた泉は、タイトなラインの長袖ワンピースを着ていた。膝丈《ひざたけ》の上品なブルーで襟も付いており、胸元にはうるさくない程度のコサージュをあしらっている。先日のガウン姿が愛人風なら、今日はまるで貴婦人といった案配だ。

(なんて綺麗なのかしら。英人を連れてこなくてよかった)

有里は顔には出さないものの、内心大人の女の魅力に舌を巻いていた。

「来ていただいてうれしいわ。有里さんとは、一度二人きりでお話ししたいと思っていましたの」

泉は応接間にアフタヌーンティーの用意をした。リビングでなかったのは、有里に先日の痴態を思い出させない配慮だろうか。

しかし、有里はマンションを訪ねる前に意思を固めていた。薄い陶磁器から紅茶をひと口啜ると、開口一番言い放った。

「うちの主人をこれ以上惑わせないでいただけませんか」

本当ならもっと批判的な言い方をするつもりだったが、それは相手が有里の知っている退廃的な女だった場合だった。だが、今日の泉はまるで別人だ。高級なインテリアに囲まれているせいもあってか、つい遠慮がちな言い回しになってしまう。

泉はしばらく返事をせず、ジッと有里を見つめていた。

(この人の心を奥まで見透かすような目。これが怖いんだわ)

自分の抱える不安の一端は、泉の存在そのものにもあったらしい。不安というのは、理由がわからないから恐ろしく感じるのだ。ふと気付いた有里は、それだけでも来た甲斐《かい》はあったと思う。

静かな昼下がりだった。泉はたっぷりと間を置いてからこう言った。

「あれから英人さんのご様子はいかがかしら」

「え。夫、ですか?」

間合いを外された有里は不意を突かれた恰好となる。

「ええ。きっといろいろ変化があったと思うのだけど」

「それは——まあ。決まっているじゃないですか、あんなことがあったんですから」

あくまで頑なな態度を保ちながらも、有里は考えていた。

「たしかに変化はありました。どこがどう、とは言えないのですけど——ただ、ハッキリしているのは、以前には少しだけですけど夫婦の会話があったのに、今はもう、前よりギクシャクしてしまっているんです」

「それはそうでしょうね」

「え……って、最初からわかっていたんですか」

「ううん、別にわたしは予言者を気取るつもりはないの。有里さん、あなた英人さんが会社でどんな風か、想像してみたことはある？」

「どんな風って——ええ、まあ」

妻としてのプライドから、有里はつい肯定するが、実際どうかと言われれば心許《こころもと》ない。独身時代、取引先同士という関係だったことから、仕事中の夫を知っているつもりになっていた。

だが、あれから十年経ったのだ。英人の役職も、主任から課長になっていた。

「そんなこと、見ていないのにわかるわけないでしょう？　ただ言わせてもらいますけど、赤の他人よりはわかってるつもりです」

意固地になる妻に対し、泉は鷹揚な態度を崩さず応じる。

「本当にそうかしら？　ね、有里さん。怒らないで聞いてちょうだい」

「あたしは別に怒っていません。ただ、今後二度と伺うことは――」

「ううん、失礼だけど、わかっていらっしゃらないみたい。実はね、うちの会員で英人さんの会社と関係のある方がいらっしゃるのよ」

「……ええ」

「その方が仰るには、英人さんは元々堅実な仕事をされる人で、とても信頼されているらしいの」

そんなことは泉に指摘されなくともわかっている。その誠実さが好きで、彼と所帯を持とうと思ったのだ。

泉は続けた。

「でもね、うちにいらっしゃってからというもの、以前に比べて新規開拓に積極的になったんですって。その会員の方が言うには、『男としての迫力が出てきた』らしいわよ」

自宅でのコミュニケーションが減ってしまったため、有里は夫のそんな変化には気付いていなかった。

「そうなんですか……」

有里はそう言ったきり黙ってしまう。悔しいというか、情けないのだ。なぜ泉のような赤の他人に指摘されなければならないのか。

最初の勢いがすっかり削がれ、しょげ返る有里に泉は慰めるように言った。

「傷つけてしまったなら、ごめんなさい。そうね、有里さんが言うように、普通の奥さんは職場の旦那なんて、知るはずがないもの。けれど、わたしが言いたいのは、英人さんのことじゃなく、あなたのことよ」

「あたしの……どういうことですか」

「あなたたちご夫婦がいらしたときから、一目見て、わたしは英人さんより有里さんのほうに問題があると感じたの」

「あたしのどこに問題があるというんですか」

「問題というか、言い換えるなら心に残るしこりね。それは、あなたが英人さんを見る目にも影響してしまうものなの」

泉は決して責め立てているわけではないことは、有里にもわかる。彼女を見つめる瞳には慈愛が満ちているようだった。

（なんて底が知れない女性なんだろう）

有里は思うとともに、肩から力がスッと抜けていくのを感じた。

「教えてください。あたしの心のしこりって何のことでしょう」

彼女の表情から意固地さが抜けたのを見て、泉の顔にも笑みが広がる。

「いやだわ、わたしまた思わせぶりなことを言ってしまったかしら。さっきも言ったみたいに、別にわたし霊能者でも何でもないんですのよ。実を言うとね、あなたにご指名が入っているのよ」

「指名――？」

話の矛先《ほこさき》が突然変わり、有里は混乱してしまう。

泉は言った。

「さっき言った、心のしこりのこと」

「ええ」

「有里さん、あなたには断ち切れていない過去があるわね」

「そんなもの……ちょっとわからないんですけど」

有里は否定しかけたものの、途中から尻すぼみになる。泉の話術に翻弄され、いつしかすっかり自信がなくなっていた。

泉の目が悪戯っぽく光る。

「大河内清彦《おおこうちきよひこ》さん、と言えばわかるかしら」

「あ……」

その名前を聞いたとたん、有里は十年前に戻っていた。清彦というのは、結婚前に彼女が勤めていた会社の上司である。

(あの人が、ここの会員だったなんて——)

だが、彼はただの元上司というだけではなかった。

「あの……まさか課長が……」

動揺する有里を見て、泉はひと息つくよう紅茶を注ぎ足した。

「ええ、その清彦さんよ。今は部長さんになっているみたい。一年ほど前に奥様と一緒にいらして、それからはときどき」

「だけど……やっぱり信じられない。大河内さんはそんなことをする人じゃ——」

「そうね。精力的な方ではあるけれど、好き者っていうタイプではないわ」

「だったら、なぜ」

「奥様よ。有里さんの所とちょうど逆というか、奥様のほうが旦那さんを誘った形だったの。この奥方というのが、また変わった人でね、元は資産家のお嬢様育ちらしいのだけど——」

あとはほとんど聞いていなかった。有里は胸の動悸《どうき》が収まらなかった。なぜなら清彦は、独身時代の彼女がずっと憧れていた人だったからだ。

やがて彼女の様子に気付いたのだろう。泉が呼びかけてくる。

「――ねえ、有里さん、聞いてる？」

「え？　ええ、はい」

我に返った有里が顔を上げる。

「悪いことは言わないわ。会っていらっしゃい。過去のしこりと向き合って、自分の本当の気持ちを確かめてくるといいわ」

「そうね……」

泉に諭すように言われ、有里は承諾した。だが、不安はますます募るばかりだった。


週末の夜、有里は街に出た。

夫には、同窓生の集まりだと嘘の理由を告げてきた。泉がそうしろと言ったのだ。ただそれだけでなく、彼女自身も夫に後ろめたさを感じていたのも事実である。

着飾って一人で出かけるのも久しぶりのことだった。まるで独身時代に返ったようだ。しかし、今ひとつ浮き立つ気持ちになれないのは、これから会うのが清彦であるからだった。

（これでは、本当の不倫になってしまいそう）

相手に特別な思い入れがあるだけに心苦しい。本当に来てよかったのだろうか。

待ち合わせは、繁華街にあるバーだった。

先に着いた有里は、カウンターで一人落ち着かないでいた。

清彦とは、過去にも肉体関係を持ったことはない。当時就職したばかりの彼女にとって、妻帯者で四十近い上司はあまりに遠い存在だった。

そうして有里が物思いに耽っていると、ふと呼びかける声がした。

「やあ、お待たせしてしまったね」

「かちょ……大河内さん、ご無沙汰しています」

振り仰ぐと、そこに清彦が立っていた。あれから十年以上が経ち、五十を過ぎた元上司の髪には白いものが混じっていたが、スーツの似合うダンディなスタイルは昔と変わらない。

清彦は隣に腰掛けると、二人分の飲み物を注文した。

「こんな風に呼び出してしまってすまないね」

「いいえ。でも、驚きました」

「それは僕も同じさ――しかし、佐々木《ささき》さんは変わらないな」

「いえ、あの……」

有里の戸惑う表情を見て、清彦は「しまった」という顔をしてみせる。

「そうだった。もう佐々木さんじゃなかったよね」

「ええ、今は――」

「霧島さん、だったね。でも、なんだかしっくりこないな。じゃあ、今日だけは有里さんと呼んでもいいかな」

「それで、はい。お願いします」

「なら、僕のことも清彦でいいよ」

ちょうどそのとき注文した飲み物が出てきた。清彦は自分が飲むものとは別に、彼女にはカクテルを頼んだようだ。こういった心配りができるのが、かつての有里が憧れていた理由の一つだった。

「じゃ、十年越しの再会に乾杯」

清彦は言うと、手にしたグラスを差し出す。

「乾杯。いただきます」

すぐに有里も応じるが、視線は彼のグラスを持つ手元に注がれていた。

（この太くて逞しい指。あの頃のままだ）

清彦は、ホワイトカラーらしからぬごつい手をしていた。特に先が平べったくなった太い親指が特徴的で、彼女にとっての彼のイメージを象徴していた。

（あたしは、今晩どうなってしまうのだろう）

よく過去は美化されるというが、かつて抱いた憧れは、再会しても幻滅したり薄れたりはしなかった。それだけに恐ろしいのだ。英人を愛する気持ちに変わりはないつもりでも、一線を越えてしまえば、どう転ぶものか、自分のことながら見当の付かないところがあった。


店を出た後、ごく自然な流れで、二人はラブホテルに入った。

とはいえ、有里にとっては少し意外でもあった。清彦のキャラクターからすると、シティホテル辺りをとっているものと思い込んでいたのだ。

「有里ちゃん、ビールでも飲む？」

シャツ姿になった清彦は、備え付けの冷蔵庫から缶ビールを取り出す。いつしか呼び名も親しみを込めたものになっていた。

「いえ、あたしは冷たいウーロン茶があれば。少し酔っちゃった」

「そう？　はい、じゃあこれ」

「ありがとうございます」

実際、有里は酔い心地だったが、酒のせいばかりではない。バーで飲んだのも、カクテル二杯程度だった。元来酒に強い彼女にとっては、食前酒くらいの量である。それでも頭がボーッとするようで、体がフワフワ浮いている感じがするのは、かつての憧れの人と密室に二人きりでいるせいだ。

「ビールとお茶になっちゃうけど、改めて乾杯」

清彦はベッドに腰掛けて、缶ビールを呷った。

一方、有里はベッド脇のソファに座っている。

狭い空間に男女がいれば、行き着くところは決まっている。そもそも、彼らは同じ不倫サークルで引き合わされたのだ。だが、元上司と部下という関係があるせいか、互いに妙な距離感を埋められないでいた。

ふと思い出したように清彦が言う。

「そう言えば、有里ちゃんが結婚するって聞いたとき、本当はおめでたいことなのに、なぜかすごくショックだったな」

「そうなんですか」

「自分勝手なのはわかっていたんだけどね。僕もすでに結婚していたわけだし」

「ええ。でも、清彦さんがそんな風に思ってくれていたなんて、ちっとも知らなかった。正直、ちょっとうれしいです」

所詮は昔話にすぎない。言っても詮無《せんな》いことだとわかっていても、好きだった人から好意を持たれていたと知って、有里は心が浮き立つのを止められない。

しかし、清彦は彼女の返答を聞き、自嘲するように笑った。

「ハハ……ちょっと、ね」

「ごめんなさい。あたし――」

「いや、違うんだ。うれしいんだよ、ちょっとだけでもね」

「本当ですか？　なら、あたしも告白しますけど、実はずっと大河内課長に――清彦さんに憧れていたんですよ、あの頃」

「本当かなあ。いいよ、お世辞は」

「お世辞なんかじゃありません」

「けど、そんな素振りは一ミリも感じなかったけど」

「それは――だって、課長は奥さんがいたんだし、あの当時のあたしからすれば、大人の男性って感じで、手の届かない存在と思っていたから」

秘めていた過去の思いを吐露するにつれ、有里は気持ちが軽くなっていくのを感じた。

一方、清彦は別の感情を抱いていたようだ。飲み干したビールの缶を置くと、真剣な顔をしてベッドから立ち上がり、ソファの有里に近づいてくる。

「有里ちゃん、僕は――」

ごつい手が肩に掛かる。彼の息遣いは荒くなっていた。

有里の胸もときめくが、抱きすくめられる前にさっと身をかわしてしまう。

「ごめんなさい。あたし……シャワー浴びてきます。汗をかいてしまったから」

「う、うん。そうか。わかった、行っておいで」

清彦は少し残念そうにしながらも、彼女の意思を尊重してくれた。

脱衣所で服を脱ぐ有里は、鏡に映る自分の体を眺めてため息をつく。

「十年前なら自信あったんだけどなあ」

三十代も半ばを過ぎた肉体は、パッと見変わらないようでいても、粗《あら》を探し出せばきりがない。

これから清彦に抱かれるのだ。そう考えると、不安と同時に体の奥のほうから熱いものがこみ上げてくる。

有里は生まれたままの姿となり、バスルームへ入った。

熱いシャワーが気持ちいい。彼女は揺れる思いを静めるように、温度を上げた湯を全身に浴びせた。

ふと十余年前を思い出す。当時入社したばかりだった有里は、清彦の部下となり、その一挙手一投足を近くで見ていた。

(ステキだったなあ、あの頃の大河内課長)

社内でもやり手と名高い清彦は、全女性社員の憧れだった。妻帯者であることも、むしろ彼の評価を上げる理由となっていた。

有里も、そういったファンの一人だった。しかし、実際に不倫しようとか、自分から誘惑して奪い取ろうなどとは考えもしなかった。

だが一度だけ、二人が急接近した場面があった。

大きなイベントを控え、全社挙げての臨戦態勢がとられた時期のことだ。

人望篤《あつ》い清彦が陣頭指揮を執《と》り、連日連夜の残業が続いていた。新入りの有里もご多分に漏れず、夜遅くまで仕事に忙殺されていた。

そんなある日、たまたま社内で清彦と二人きりになるタイミングがあったのだ。

とはいえ、甘いムードとはほど遠い。有里はパソコンに向かい、ひたすら資料をまとめる作業に没頭していた。

かたや清彦は各方面との調整にかかりきりで、部下に構う余裕などないといった感じだった。

しかし、やがてひと息ついたらしく、彼が近くの喫茶店からコーヒーを頼み、有里のデスクまで持ってきてくれた。

「どうだい、調子は」

「ええ。もうしばらくかかりそうですけど、なんとかします」

「あまり根《こん》を詰めすぎるなよ。ほら、一服しよう」

「——ありがとうございます」

香ばしいコーヒーの匂いにつられ、有里もいったん作業の手を止める。

清彦も手近な椅子を引っ張り、彼女の側に陣取った。

「しかし、佐々木さんもよく頑張ってるね。感心するよ」

「そんな。あたしなんて、まだ何もできないですから」

尊敬する上司に褒められ、有里はくすぐったいと同時に、なぜか勝ち誇っていいような気がしてくる。

ワイシャツの袖を肘までまくった清彦は、コーヒーをひと口啜って続けた。

「いや、実際新入社員でここまで僕についてこられたのは——少なくとも、女性社員では君が初めてだよ」

「そこまで褒められると、本気にしちゃいますよ」

冗談めかして有里が言うと、清彦は声をあげて笑った。

「本気も本気さ——ところで、佐々木さんは学生時代、アウトドアサークルに入っていたんだってね」

「はい、一応ですけど」

「実は僕も好きなんだ。キャンプとか、山とか。どうだろう、このイベントが終わったら、一緒にバーベキューでも行かないか」

気軽な調子で言われた誘いは、上司が部下の張り詰めた精神をリラックスさせようとしただけかもしれない。しかし、有里はそれ以上の意味を受け取った。

「あたしは……でも、その……」

あの清彦に誘われている。それだけで若い有里は舞い上がってしまう。

すると、少し間を置いて彼が言った。

「もしかして、僕が佐々木さんと二人だけで行こうとしていると思った？」

「いえ、とんでもない。まさか課長が――」

「そうだったらどうする？」

「え……」

有里の目は、袖をまくった清彦の腕に注がれていた。男性らしい筋張った上腕には血管が浮き出ており、コーヒーカップを持つ無骨な手は女心を揺さぶった。

「あたし、その――」

そして、先が平べったくなった太い親指。彼女は一瞬、彼となら逃避行してもいいとさえ思い始めていた。

だが、清彦は冗談が過ぎたと感じたのだろう。カップの残りをひと息に飲み干すと言った。

「冗談だよ、冗談。このクソ忙しいときに、遊んでいる場合じゃないしな」

「もう、やめてくださいよ課長」

「頼むから僕に不倫願望があるなんて、言いふらさないでくれよ」

「言いませんって。奥さんに悪いですもん」

「あはは。だな――よし、じゃあ残りを片付けちまうか」

「はい、課長」

ただそれだけのことだった。秘め事とすら言えない、ささやかな職場の日常。しかし、有里にとっては忘れられないひとコマだった。

あの太い指。

まぶたの裏に焼き付いた、一場面だけが執拗に蘇る。

「……あ」

体を洗っていたはずの手が、いつしか自分の乳房を丸く撫でている。突端が、ピンと硬くしこっていた。

「んっ」

指先で捏ねまわすと、痺れるような感覚が全身に広がっていく。

もう一方の手は、それ自体が意思を持ったように、股間へと伸びていった。

(あのとき、もし彼の胸に飛び込んでいたら――)

憧れと記憶が一体となり、実際には起こらなかったロマンスを脳裏に描く。

「あふうっ」

股間の指が草むらを分け入り、裂け目へと滑り込む。そこは、すでにじっとりと濡れていた。明らかにシャワーの水とは違う、ぬめった愛液の感触だ。

有里は、ぷくっと膨れた肉芽を指で押しつぶした。

「あっ、あんっ。イイッ」

あたしは何をしているんだろう。頭の片隅では理性が訴えるが、悦楽を求める本能が勝手にぬめりを掻き回している。

「ハァン……ああっ、清彦さん」

シャワーの飛沫《しぶき》を浴びながら、有里は立ったまま無我夢中で自慰に耽っていた。

(ああ、クリトリスがこんなに大きくなっている)

オナニーなど久しぶりだが、肉体の反応が尋常ではない。溝に沿って指を滑らせているだけでも、全身に震えがくるようだ。

「ハアッ、ハアッ。あんっ、ああっ」

しだいに乳房を揉む手にも力が入ってくる。清彦に抱かれたい。かつては自分自身ですら認めようとしなかった露骨な欲望が、十余年経った今、実現を前にして彼女の肉体を責め立てるのだ。

「あっ、あんっ、イイッ、イイッ」

有里は前屈みになり、太腿をギュッと閉じて指遊びを続けた。

(どうしてこんなに感じてしまうの——)

いまや人妻である自分の立場を振り返り、罪悪感と愉悦の間で揺れ動く。

するど、そのときだった。有里がもう少しで絶頂しそうになっていると、ふいに背後から声がしたのだ。

「ごめん。もう待ちきれなくて、有里ちゃ……」

清彦だった。彼自身、いきなり自慰する女の姿に驚いたようだが、もっとビックリしたのは有里のほうだった。

「えっ……あっ。イヤッ」

彼女はとっさに身をかばうように胸を抱き、しゃがみ込んでしまう。

(オナニーしているのを見られてしまった)

突然のショックで顔を上げられない。

清彦もどうしていいかわからないようだ。オロオロした口調で弁解する。

「す、すまない。まさか有里ちゃんが……僕は」

「いいんです。言わないで」

「ごめん。でも——」

言いかけた清彦の気配が近づいてくる。

身を縮めたままの有里は、胸を高鳴らせていた。

「清彦さん、あたし——」

「何も言わないでいい。さあ」

彼は言うと、有里の肩を支え、立ち上がらせる。

「こっちを向いてくれないか」

「ごめんなさい。恥ずかしくて、無理」

「……なら、そのままでいいよ」

背後から男の腕に抱きすくめられ、有里は陶然となってしまう。

「清彦さん、あたし――」

清彦の吐息がうなじにかかる。

どうしよう。今さらながら有里は迷う。この期《ご》に及んでも、気にかかるのは夫のことだった。

(本当に英人を裏切るつもりなの)

夫婦で泉のマンションを訪ねたときとは訳が違う。今回は夫に内緒で、自分一人だけが抜け駆けするようなものであり、しかも過去の話とはいえ、特別な情を抱いている相手なのだ。

(あたしは、悪い妻になってしまった)

不貞の意味を嚙みしめながら、有里は葛藤していた。

ところが、その間にも清彦の手が乳房をまさぐってくる。

「有里ちゃんのオッパイ、こんなに柔らかかったんだ」

「あっ、ダメ……」

両手で乳房をマッサージされ、有里は思わず身をすくめる。

清彦の呼吸は荒くなっていた。

「ああ、信じられないよ。あの清純な有里ちゃんが、こんな大人の女になっているなんて」

そう言って、彼は無骨な指で乳首をつまんでくる。

敏感な部分に触れられた有里はビクンと身を震わせる。

「あうっ……イヤ、あたし恥ずかしい」

「何が恥ずかしいんだい？　とても綺麗だよ」

「だって……あんっ。だって、昔みたいに若くないわ」

有里は口走りながら、体中が熱くなるのを感じていた。羞恥と興奮と背徳感がない交ぜとなり、居ても立ってもいられないような気分になる。

かたや清彦も、かつての上司と部下という一線を越え、興奮が抑えきれないようだった。手つきはしだいに大胆さを増し、乳首をコリコリと弄り出す。

「はううっ、ダメえっ」

我知らず有里は悩ましい声をあげてしまう。

腰の辺りに硬いものが当たっている。清彦の怒張だ。彼女は肩を喘がせながら、今すぐ逃げ出したいような、それでいて男を欲情させた女としての誇らしさのようなものを感じていた。

「有里ちゃん、可愛いよ。有里ちゃん」

職場では頼りがいのある、何があっても動じない男が、興奮に我を忘れて口走っていた。

(ああ、あの清彦さんにこれほど求められている)

そう思うと、有里も少し落ち着きを取り戻し、ギュッと閉じていた目を開けた。

すると、自分の体をごつい手が這い回っているのが見える。男らしい太い指がわなwhile、腹の平らなところを這い降りていく。

「ああ、そこはダメ……」

「有里ちゃん、僕は――」

力強さの象徴である彼の指が、恐る恐る草むらを分け入り、やがて湿地帯へと辿り着いていく。

「んああっ、清彦さぁん」

ピンポイントで肉芽を刺激され、有里はいななく。

「すごい。ぐっちょり濡れているよ」

「あんっ、だって」

「ここ？　ここが気持ちいいの」

「うん……あっ、ダメ。そんなに強くしちゃ――」

「ヌルヌルだ。すごくヌルヌルだよ」

愛撫する清彦は息を荒らげ、有能なビジネスマンらしからぬ、子供じみた淫語を口走り続けた。

「ああっ、ダメえっ」

所詮は彼も同じ男なのだ。有里は愉悦に身を任せつつも、生物としての単純な真理に気付かされていた。

「もっと。ねえ、もっと強くして」

割り切った彼女は欲望を声にして訴える。

それは、興奮する清彦を喜ばせたようだ。

「いいの？　ここ？」

「うん。そこ……そこをもっとコリコリして」

いったい自分はどうしてしまったのか。有里は我ながら驚きつつも、肉体の発する要求に抗えない。

「はううっ、イイッ。そこっ、イイッ」

「ああ、有里ちゃん。いやらしい声」

「んんっ、イイッ。イクッ、イッちゃううっ」

肥大した肉芽を中心にした宇宙が、原初に爆発したときと同じように、ただ一点へ向かい収縮していく。

「イイイイッ、ああっ、ダメえっ、イックうううーっ」

やがて時空の彼方へと押し流され、有里は絶叫とともに果てていた。


バスルームで軽く汗を流すと、二人はベッドに戻った。

もはや男女の垣根は取り払われていた。互いに生まれたままの姿で、これまで抑えつけていた欲望もあらわに対峙していた。

赤っぽく薄暗い照明の下、有里は初めて憧れの人の裸体を目の当《まあ》たりにする。

(思ったより痩せてるんだ)

精悍《せいかん》な顔つきと逞しい腕の印象から、これまで勝手に筋肉質な体を想像していたようだ。実際は多少腹の出かかった、細身《ほそみ》の肉体だった。肩や胸の辺りが削げて見えるのは、五十二歳という年齢を思えば、当然のことなのかもしれない。

だが、股間にそそり立つ肉棒だけは、まるで二十代のごとく勃起している。

「有里ちゃんは、あの頃のままだね」

並んで横たわる清彦が、有里の肩や腕を愛《め》でながら言う。

有里はドキッとした。まさか自分の心を読み取ったわけではないだろうが、同じタイミングで相手の肉体に時の流れを思っていたのだ。

しかし、その評価は正反対だった。清彦からすれば、三十代半ばの彼女はまだ若い範疇《はんちゅう》に入るらしい。

「有里ちゃんとこんな風になるなんて、夢のようだよ」

彼は言いながら、下乳をなぞるように触れてきた。

有里はその手をとどめて言う。

「待って。今度はあたしがしてあげる」

「え……本当に？」

互いに伴侶のいる大人である。何をするかは言葉にしなくてもわかっていた。

「清彦さんは、そのままでいて」

「わかった」

一回り以上も離れたかつての部下に命じられ、男は素直に仰向けで待つ。

有里はその股間に潜り込み、屹立を顔の前にした。

「大きいんですね、課長のこれ」

あえて昔の呼び方で逸物を褒めそやす。

清彦もわざわざ訂正したりはしなかった。

「そうマジマジと見られると、なんだか恥ずかしいな」

「そうですか？　これでたくさんの女の子を泣かせてきたんじゃないですか」

有里は言いながら、指先でつつと裏筋を撫でる。

「ううっ。我慢できないよ、早く頼む」

顔を顰《ひそ》めて身悶えてみせる男に、有里は思わず微笑ましくなる。

「うふっ。可愛いんですね、課長」

「大人をからかうもんじゃないぞ」

「からかってなんかいません。だって、あたしずっと課長のこと、男性として憧れていたんですから」

有里は言いながら、肉棒の根元に手を添える。

清彦は呻いた。

「うう、有里ちゃん……うれしいよ」

「知ってました？」

舌を伸ばし、裏筋とねろりと舐めあげる。

「おうっ。し……知らなかったし、むしろ僕のほうが——」

「何です？　僕のほうが、って」

上目遣いの有里は、肉傘の縁をぐるりと辿った。

その焦らすような舌使いに、清彦は懊悩《おうのう》した。

「……っく。ゆ、有里ちゃんのこと、昔から可愛い子だなって」

シャワーを浴びてもなお、太竿は牡の匂いを放っていた。有里は鈴割れから溢れる先走り汁をついばむと、口を開いて男根を呑み込んだ。

「うれしいです、課長——」

「はううっ、有里ちゃん……」

かつての上司は、ペニスを咥えられ、脱力したような声をあげる。

「んむ……じゅぷっ、じゅぷぷっ」

身を伏せた有里は、上下に首を動かし始める。では、彼も自分に気があったのだ。残業の夜、いい雰囲気になったと思ったのは、勘違いではなかった。

（あのとき、思い切って身を投げ出していたら――）

もしもの仮定が脳裏をよぎるが、当時もすでに清彦は既婚者であった。結ばれていたとしても、結末はわかりきっている。

「んふうっ、んっ。じゅるっ、じゅるるるっ」

「うう……そんなに激しく。エロいよ、有里ちゃん」

五十を過ぎた男が、身も世もなくといった風情で悶えていた。

有里は太竿に夢中でむしゃぶりつく。

（やっぱりあのときは、あのままでよかったんだわ）

若い頃に不倫で傷ついていたとしたら、今の幸せはなかったかもしれない。幸せ？

――彼女は自分の思考にはたと立ち止まる。そう、夫と築いた家庭を幸福と感じていたのだ。普段は見過ごしがちだったものが、こうして非日常を体験することで、改めて意識に上ってきたのだった。

（英人、ごめんね――）

いつしか有里は夫を思いながら、別の男のモノを咥えていた。

「ハアッ、ハアッ。おお、きてる」

彼女の思いなどつゆ知らず、清彦は即物的な快楽に溺れていた。

かたや有里も、頭のもやが晴れたようで、かえってフェラにも身が入る。

「んむうっ、じゅぷっ、じゅぷぷぷっ」

「ふうっ、ダメだ。これ以上吸われたら出ちゃうよ」

彼は言うと、ムクリと体を起こし、有里の肩を押さえる。

「しよう。もう我慢できない。君が欲しい」

「ええ、きて——」

素直に有里も顔を上げた。肉棒が自分の唾液でてらてらと光っている。

清彦に促され、今度は有里が仰向けになった。

「本当に、いいんだね」

覆い被さる男が確かめるように言う。だが、股間にそそり立つ怒張を見れば、ほかの選択肢はないのがわかる。

「ええ」

有里とて同じだった。秘部はぐっちょり濡れている。

「いくよ——」

濡れそぼった花弁に肉棒がねじ込まれる。

「はうっ……入ってきた」

「おおっ、しっ、締まる」

蜜壺にみっちりと咥え込まれた肉棒は、中で悦びのよだれを漏らす。

清彦は根元まで貫く充溢感を味わうと、おもむろに腰を動かし始めた。

「ぬあっ……ハアッ、おお……」

「あっ、ヤッ、ああっ……」

抽送の出だしから、有里は衝撃を覚える。太い。しゃぶっているときに気がついてはいたものの、実際に下の口で咥え込んでみると、子宮まで貫かれているような感覚に襲われた。

「ハアッ、ハアッ。ああ、有里ちゃん、すごいよ……」

清彦は早くも額に汗を浮かべて、抽送行為に励んでいる。

蜜液に溢れていなかったら、どうなっていることだろう。結合部はじゅっぷじゅっぷと軽快な音を立てていたが、清彦の肉竿は、そうしている間にも中でさらに膨張していくように感じられた。

「ああっ、ダメッ。大きいのが擦れる」

「有里ちゃんも感じてくれているんだね。うう、僕も……」

「気持ちいい？　ねえ、言って」

「気持ち……気持ちいいよ。ああ、いやらしい有里ちゃんのオマ×コ」

「ああん、清彦さん、いいわっ」

悦楽の大海に流され、有里は俗世の縛りから自由だった。かつての憧れも過去の藻《も》屑《くず》となり、股間に感じる極太マラのみが羅針盤となっていた。

「はううっ、ああっ、感じちゃう」

いつしか有里も下から腰を突き上げていた。

かたや清彦の劣情は過去にしがみついていた。

「ううっ、あの清純な有里ちゃんが、こんなスケベな女になって」

「ハアン、あっ。奥に、当たるぅ」

「ヌルヌルだ。マ×コが、ヌルヌルだよ」

それが男の生理なのだろう。いまや会社の役員となり、多くの部下を従えている壮年男性も、快楽に溺れるほどに子供じみていくようだった。

だが、有里はそのことに決して失望も軽蔑もしない。

「ああっ、もっと突いて。奥まで……イイッ」

体を波打たせ、悦びを声に出して表現した。尽きせぬ欲望は、自分でも不思議に思うほど純粋なものだった。

やがて清彦は、彼女の太腿を両腕に抱えて突き始めた。

「ハアッ、ハアッ、うおっ、おうっ」

「ああっ、イイッ、あああっ、イイイイッ」

掻き回されるたび泡立つ欲液は、花弁から噴きこぼれ、尻を辿ってシーツに染みを広げていく。

しだいに有里は頭が真っ白になっていった。

「んあああーっ、ダメえっ。おかしく……おかしくなっちゃううっ」

顎を仰け反らせ、腰を突き上げるようにして身悶える。

それに応えるように清彦の抽送も激しさを増す。

「ぬああっ、おうっ。ハアッ、ハアッ。ダメだ、イキそ……」

「イッて。あたしも――あひいっ」

「いいの？　このまま出しちゃっていいの」

「イイッ。いいわ。出して。全部出して」

あとで思えば渋面ものだが、悦楽に後先考えられない有里は、男の喜ぶセリフを臆《おく》面《めん》もなく吐いていた。

「ハアッ、ハアッ、ハアッ、ハアッ。ああ、もうダメだ……」

「あんっ、ああん。ダメ……あたしも、イッちゃう」

人妻の白い肌には汗が浮かび、胸は苦しい呼吸に喘いでいた。

「ああっ、あんっ、んああっ、イクッ、イクぅ……」

すべてが遠ざかっていく。時間の流れが逆行し、有里は二十二、三歳の頃に戻っていた。何もかもが新鮮で、毎日が冒険に満ちていたあの頃。清彦は非の打ち所のない大人の男性であり、ちょっとした仕草や視線にもときめいていた。

「あああっ、イイイイーッ」

「ぬお……出るっ」

清彦は獰猛《どうもう》な唸りを上げて射精した。

蜜壺が白濁で満たされていく。有里の全身は精液のプールに沈んでいった。

「あひっ……イクッ、イクッ、イックううっ」

蠕動《ぜんどう》は蜜壺に始まり、子宮から脊柱を過ぎて、脳天から突き抜けていった。悦楽が手足の末端にまで響き、絶頂が存在を彼方へと羽ばたかせていく。

「んあ……ふうっ。ああっ……」

だが、そこが終点ではなかった。節々で起こる痙攣《けいれん》は収まらず、むず痒《がゆ》いような感覚がしつこく責め苛《さいな》んでくる。

「ハアッ、ハアッ。よかったよ、有里ちゃん」

一方、清彦はすべてが終わった風情で肉棒を引き抜いていく。

その瞬間だった。抑えの利かない衝動が有里を襲った。

「はううっ……」

気の抜けるような吐息とともに、裂け目から潮が放物線を描いて放たれたのだ。

「あああ……」

「有里、ちゃん……？」

とっさに退いた清彦も目を瞠《みは》る。

ほんの一瞬の出来事だった。勢いよく飛び出た潮のアーチは、始まったときと同じように、瞬く間に止んでいった。

「イヤだわ、あたし——」

三十六年間生きてきて、初めてのことだった。有里は羞恥にどうしていいかわからず、しばらく手で顔を覆ったまま、息を喘がせていた。

有里は、ぐたりと横たわる清彦の胸に頭を乗せていた。

「こんなの初めて――」

「すごく感じてくれたんだね。うれしいよ」

「清彦さんは？」

「もちろん僕も最高だったさ。有里ちゃんとできるなんて、夢みたいだ」

有里が顔を上げて見ると、清彦も笑みを返す。

「それって、もしかして課長もあたしのこと、そういう風に見ていたってこと？」

「うん。正直言うとね」

「あたしとエッチしたかったの？」

からかうように言うと、清彦は黙って彼女の顔を引き寄せた。

唇が重なり、おのずと舌が絡まる。

(これで、思い残すことはないわ)

泉の言う「過去のしこり」は、すっかり取り払われたようだった。青春の忘れ物を取り戻した今、もはや有里に迷いはなかった。

「ねえ、清彦さん」

「なんだい？」

問い返す清彦に対し、有里は黙って逸物へ手を伸ばす。

「これ……まだ全部出し切っていないみたい」

「うう、ゆ、有里ちゃん……」

呻く清彦。手で扱かれ、鈍重な肉竿はむくりと起き上がった。

「もっと気持ちよくしてあげるね」

有里は言うと、おもむろに体をずらし、ペニスをパクリと咥え込んだ。

年下の積極的な行為に元上司は身悶える。

「うっく……そんな精子塗れのチ×ポを——」

「んふうっ、硬くなってきた」

やがて有里はじゅっぽじゅっぽと音を立て、口舌で肉棒を愛撫し始めた。

すると、みるうち太マラは口中で膨張していく。

「——ぷはあっ。すごい、もうこんなに硬くなってる」

「うう、有里ちゃんのフェラがいやらしいから」

「ねえ、していい？」

「うん、僕もしたい」

「今度はあたしが上になるね」

彼女は言うと、起き上がって男の上に跨がった。

勃起した肉棒を手でつかみ、露《つゆ》のしたたるラビアへと導いていく。

「はううっ、入ってきた」

「おおっ、さっきよりもグズグズになってる」

気付いたときには、根元まで蜜壺に収まっていた。すでに一度ハメたせいか、中が極太マラの形になっている。

しばらく充溢感を愉しんだのち、有里は尻を上下に動かし始めた。

「ハアッ、んああっ、ああっ」

「おおっ、ううっ、ぬほぉ」

「すごいの。大きいのが、あたしの中で暴れてる」

「うはっ、オマ×コが絡みつくみたいで……き、気持ちよすぎるっ」

やがて清彦も下から腰を突き上げてきた。

「ああん、イイッ」

有里は肩を喘がせつつ、無我夢中で腰を使った。このお代わりは、純粋に肉欲を満たすためのものだった。だからこそ余計な感情が介入せず、かえって欲望に忠実であることができた。

「んああっ、イイッ。ダメ……またあたし――」

「ふおぉっ、僕も……ダメだ。こんなにすぐ――ううっ、出る」

絶頂したあとで肉棒も敏感になっていたのだろう。清彦はさほど経たないうちに限界を迎え、白濁液を噴き出していた。

有里もまた状況は同じだった。

「はひっ……イクッ。イイ……イクうううっ」

背中を丸めて腹筋を収縮させると、肉棒を絞り上げるようにして絶頂を貪る。

「あんっ、ダメ……はうぅっ」

呻きながら、全身を紅潮させて悦びを味わい尽くす。そしてビクンと大きく体を震わすと、ゆっくり崩れるようにして前のめりに倒れていった。

「ハアッ、ハアッ、ハアッ、ああ……」

「ハアッ、ハアッ、ハアッ、ハアッ」

短くもギュッと凝縮された、濃厚な交わりだった。

グッタリした有里が男の上から離れると、花弁からごぷりと白く濁った液体がこぼれ落ちた。

それから二人はそれぞれにシャワーを浴びて、服を着直していた。

元のスーツ姿に戻った清彦だが、交わる前とは別人だった。

「有里ちゃんも飲む？」

「ええ、いただきます」

缶ビールを差し出され、今度は有里も受け取った。

激しい運動で渇いた喉を潤す。

「――あー、美味《おい》し。よく冷えてるわ」

心残りを清算した彼女は、スッキリした表情で息をつく。

ところが、なぜか清彦は深刻な顔をしている。

「実は最近……あまり家に帰っていないんだ。妻とその、うまくいっていなくてね」

「え……そうなんですか」

いきなり何を言い出すのだろう。有里は元上司の告白を訝しむ。

清彦は彼女の反応に構わず続けた。

「なにもここ最近ってわけじゃなく、もうずっとなんだ。元から反りが合わなかったのかもな……。でも、今までは仕事に集中していたし、多少のすれ違いは気にしないでいられたんだが――」

有里は男の繰り言を黙って聞いていた。夫婦の問題だ。自分のような他人が口を挟めるようなことではない。

だが、清彦はさらに踏み込んだことを言い出した。

「あのとき有里ちゃんと——君を離さず捕まえておけばよかった」

「清彦さん……」

「もし……もしもの話なんだけど、君さえよければ——」

「やめてください」

事態が思わぬほうへ向かうのを察し、有里は彼の言葉を遮った。

「あたしは——夫を愛しています」

「そうか。だよな、すまん。忘れてくれ」

「そうします」

有里はなぜか悲しかった。憧れの人は、憧れのままでいてほしかったのだ。だが、結局は彼もほかの誰とも同じ男であり、不幸な夫でしかなかった。

やがて二人はホテルを出て、それぞれの方向へ歩んでいった。互いの連絡先を教え合うようなこともなく、次の約束もなかった。

(さようなら、あたしの思い出)

夜の雑踏を歩きながら、有里は感慨に耽った。清彦にもう未練はない。冷たいようだが、過去は過去にすぎない。

このとき胸に去来するのは、彼女の現在である英人のことだった。

（あの人も、あたしが離れていくように感じていたのかな……）

清彦の繰《く》り言《ごと》から、自分たち夫婦の有《あ》り様《よう》を、ひいては夫の気持ちを改めて見つめ直すのだった。

第五章　不倫サークルの美熟女

夫婦のすれ違いは続いていた。むしろ深刻さを増しているといってもいい。

これまで朝食はともにするのが習慣だったのが、食卓には夫の分だけが並べられ、有里は洗濯などほかの家事にかかるようになり、英人が家を出るまでほとんど顔を合わせなくなっていた。

英人の帰りも遅くなりがちだった。たまたま仕事が多忙を増していたのも事実だが、以前は苦手だった飲みの席にもしばしば参加するようになっていた。

元々の意図とは裏腹に、不倫サークルに通い出してからというもの、霧島夫妻の関係はさらに冷たく、隔《へだ》たりを増していくように思われた。

だが反面、これまでにはなかった互いへの気遣いも生まれていた。

例えば朝食にしても、有里は同席しない代わりに、ちょっとしたメッセージをメモに残したりするようになった。

〈今朝はベランダのコスモスが咲きました。行ってらっしゃい〉

そういった何気ない言葉とともに、二日酔いぎみの夫のためにしじみ汁を添えたりしたのだ。

一方、英人も夜遅く帰宅しながら、有里の好きな押し寿司を手土産《てみやげ》に持って帰ったり、休日には風呂掃除など積極的に家事に参加するようになったが、これも以前にはあまり見られなかったことだった。

「これが、わたしたち夫婦の愛の形」

そう言ったのは、団地妻の恵子だが、英人と有里もまた、新しい夫婦の形を作り出しつつあるようだった。

そんなある日、英人に泉から呼び出しがかかった。

(いったいどういう風の吹き回しだろう。また人妻を紹介しようというのかな)

泉とは恵子を紹介されて以来、もう二週間ほど音沙汰がなかったのだ。こちらからも連絡しなかったのは、団地妻との衝撃的な体験を経て、しばらく一人で考えたかったからだった。

マンションを訪ねると、彼は応接室に通された。

「お久しぶりね、英人さん」

「ご無沙汰しています」

この日の泉は、ベージュがかった薄手のブラウスに、下はタイトな黒のミニスカートという、一見コンサバティブなファッションだった。

だが、ブラウスの胸元は大きく抉《えぐ》れ、谷間まで覗いており、タイトミニの裾脇にはスリットが入っているため、ちょっとでも姿勢を崩すと、太腿が半ばまで見えてしまう仕様になっている。

（相変わらずセクシーな女性だ）

英人はソファに浅く腰掛けながら、熟女の艶やかさに改めて見惚《みと》れる。

その泉は男の視線など意に介さない様子で、窓際に置かれた籐椅子に優雅な所作《しょさ》で腰を下ろす。

「あれからいかが？　有里さんとはうまくいってらっしゃるの」

「ええ、まあ……。ぼちぼちといったところでしょうか」

英人は当たり障《さわ》りなく答えるが、実際のところは自分でもよくわからなかった。ここ最近のあれこれを思えば、自分も妻も新しい「愛の形」を見つけつつあるようにも思える。

しかし、当初問題だったはずの夫婦の営みからは、ますます遠ざかっているのは明らかだった。

女主人は、そんな彼の戸惑いを鋭く指摘してみせる。

「ぼちぼち、っていうことはつまり――全然納得できていないわけね。でしょう？」

「え……いや、はあ」

「まあ、いいわ。とりあえず有里さんとのことはさておき、恵子さんとはどうだったの？　何か感じるところはあったかしら」

問いかけながら泉は脚を組み替える。手入れの行き届いた素足は輝くばかりで、二十代のみずみずしさと、熟女らしい脂の乗った色香が同居していた。

英人はつい目で追ってしまい、視線を顔に上げるのに努力が必要だった。

「もちろん、最初は驚きましたよ。まさかご亭主が押し入れに隠れ――あ、泉さんはご存じなんですよね。中田さん夫婦のこと」

「ええ、もちろん。続けて」

「ですよね。だから俺に紹介してくれたんですから――。で……なんでしたっけ？」

英人が口ごもるのは、盛んに組み替えられる泉の脚や、窓からの光に透かして見えるブラウスの中身のせいばかりではない。恵子の亭主のことを思い出せば、必然的に認めたくない自分の闇の部分に触れざるを得ないからだ。

しかし、黙って見つめる泉の視線に根負けし、英人は重い口を開く。

「うー……その、よくわかりません。俺は妻が——有里がほかの男に抱かれるなんて、想像するだけでも、堪らないですから」

「そうよね。それが普通だわ」

相槌を打ちながら、泉は背もたれから離れ、前屈みになって頬杖をつく。だが、そのせいで大きく開いたブラウスの襟元から、谷間深くまでが覗け、たわわな膨らみを包むブラジャーが丸見えになった。

英人の鼓動が高鳴る。しかし、それが扇情的な熟女のせいなのか、問答の内容が琴線に触れつつあるためか、自分でもわからない。

「実は俺——悩んでいるんです」

彼はついに秘めた葛藤を打ち明けることにした。

泉という女性には、どんな隠し事もしておけない不思議な魅力があった。

「どんなことかしら。何でも仰って」

「ええ。自分でもどうしていいのかわからなくて——」

それから英人は訥々《とつとつ》と語り出した。不倫サークルを訪ねた初めての日、泉に騙され有里が男に抱かれていると信じ、嫉妬の勢いで若妻の美佳を抱いたまではよかった。しかし、その後に夫婦で話し合い、妻の不貞の様子を聞くにつれ欲情を覚えてしまったこと。さらに恵子との肉交でも、妻を寝取られることでしか興奮できない亭主に自分を置き換え、共感しながら果てたことなどを包み隠さずブチまけたのだ。

「――そんなこんなで、有里ともどう接していいかわからなくなってしまって。気付いたら、なるべく顔を合わせないようにしていたんです」

すべてを語り終えた英人に対し、なぜか泉はしばらく黙ったままだった。

重苦しい沈黙に英人は混乱する。やはり話すべきではなかったのかもしれない。自ら恵子の亭主と同じ種類の変態と認めたのだ。もしこのことが妻に知られたら、二度と合わせる顔がない――。

「泉さん、何とか言ってください。俺、変態ですか？」

辛抱しきれなくなった英人が詰め寄ると、ようやく泉が口を開いた。

「英人さん、あなた最初にうちに来たときに比べて、グッとセクシーになったわ。自分で気付いてる？」

「え……は……？」

いきなり話題が転じたために、英人はしばらく褒められたこともわからなかった。

呆気《あっけ》にとられる彼に対し、泉は微笑みかける。

「恵子さん、感謝していたわ。だって普通の男性なら、同じ空間にご亭主がいるとわかって、奥さんを抱くなんてできないもの」

「ええ。ですから、それは俺が――」

言いかけたところを泉は遮る。

「ううん、ちがうわ。それがあなたの優しさなのよ。男らしさだわ」

「そういう……ものでしょうか」

説き伏せられて英人は黙る。いいように誤魔化された気がしないでもないが、一方では彼女の言うことに説得力があるようにも感じていた。

たしかに情事の後、恵子は感謝していたし、彼を評して優しいとも言った。

(あのときは、俺も満更《まんざら》でもなかったからな)

しかし、それが長続きしなかったのは、有里の態度のせいだった。家での会話が減り、ただでさえ悶々としているところへきて、妻が妙に色っぽくなったように思えたのだ。

英人は当初、それが和真との玩具セックスのせいだと考えた。久しぶりに刺激を受けた有里が、忘れかけていた女を思い出したのだ、と。

だが、その前の話し合いでも、妻に和真への未練は感じられなかった。十年も連れ添っていればわかる。彼女が気をとられているのは、何か別のことだった。

するど、泉が彼の思いを読み取ったかのごとく言った。

「英人さんがそうだったように、有里さんにも乗り越えなければならない壁があったのよ。なんとなくは気付いていたでしょう？」

「え。はあ、言われてみれば、なんとなく」

呆然とする英人のほうに身を寄せて、泉はそっと手を握る。

「大丈夫。彼女は乗り越えたわ、きっと」

「きっと……？」

「わたしにはわかるの。でもね、それができたのは英人さん、夫であるあなたがいたからなのよ」

「俺が――」

「今のあなたなら、ね。わかるでしょう」

「泉さん、俺……」

そのとき英人が見ているのは、身を乗り出した泉の胸の膨らみだった。ブラウスの襟元から覗くたわわな実りは、谷間に深い影を落とし、誘うようにたゆんたゆんと揺れている。

彼の手は無意識のうちに、ブラウスの内側へと伸びていく。

「うう……お、俺は……泉さん」

指先がブラジャーの下に滑り込み、豊乳の頂《いただき》に触れた。

「んっ……」

泉は小さく吐息を漏らす。愛撫を遮るようなことはしなかった。

頭に血が上った英人は、両手を使って乳房を円く揉みほぐす。

「ああ、なんて柔らかいんだ」

「あんっ。英人さん、とても上手」

「いいんですか。俺、このまま止まりませんよ」

英人は息を荒らげながら、夢中になって熟女の触感を堪能した。

泉はされるがままに身を委ねていた。

「いいに決まってるわ。英人さんから来てくれるのを待っていたんだもの」

「ああ、泉さん――」

初めて会ったときは、別世界の人間だと思ったものだ。高級マンションで不倫サークルを主宰する絶世の美熟女など、英人には縁のない相手だった。

だが、今なら素直に欲求を表せる。彼女が男と認めてくれたのだ。

「ハアッ、ハアッ」

英人は惜しみつつも、いったん乳房から手を離した。そしてにわかに立ち上がり、興奮に身震いしながらズボンを下着ごと脱ぎ捨てる。

まろび出た肉棒は、怒髪天を衝いていた。

籐椅子に腰掛けたままの泉は、怒張を目にして熱い息を吐く。

「ああ、すごい。ビンビンなのね」

「泉さんと初めて会ったときから、ずっとビンビンでした」

美佳に恵子。不倫サークルで出会った人妻たちは、それぞれに貴重な体験を与えてくれたが、すべての始まりは主催者であり、泉の炯眼《けいがん》なくしては何一つ成《な》し遂《と》げられなかっただろう。

「ふうっ、ふうっ」

目に欲望の暗い光を宿し、英人は勃起物を提げて熟妻に迫る。

対する泉は、逸物に羨望のまなざしを送り、男のすることを待ち構えている。

「泉さん――」

彼は言うなり、やおら両手で女の頭を抱え、あろうことか先走り汁が浮かぶ亀頭をその唇に押しつけたのだ。

「……んふぁ」

泉は逆らうことなく、唇を開いて肉棒を受け入れた。

「ぐはっ、おお……」

ペニスが温もりに包まれ、英人は思わず天を仰ぐ。そしてさらに快楽を求めて、強引に奥へ奥へとねじ込んでいく。

喉奥まで押し込まれ、泉はえずいてしまう。

「んぐぅ……ぐふっ」

目に涙さえ浮かべるが、苦しみは同時に喜びでもあるようだ。彼女が本当に嫌なら決して男の好きにはさせないだろう。

調子づいてきた英人は腰を使い始める。

「ハアッ、ハアッ。おおっ、堪らん」

「んぐうっ、んんっ、んぐぽっ」

「ああ、泉さんの口マ×コ最高だ」

美麗な顔が歪むほど、乱暴にペニスを押し込む感覚に、英人は身震いする。

泉は、男の欲望を一身に帯びて具現化したような存在だった。その高貴な立ち居振る舞いから、以前の彼なら手を出すことさえ躊躇《ちゅうちょ》しただろうが、今は違う。彼女自身も認める一匹の牡なのだ。

「ハアッ、ハッ、ハッ」

「じゅるっ、ぐぷぷっ、じゅぷっ」

英人に頭をつかまれ、綺麗にセットした髪が台無しになっても、泉は欲望の玩具にされることを受け入れている。

「ああ、マズイ……」

彼女のような女にイラマチオすることに、牡としての征服欲が満たされていく。その刺激は通常の比ではなく、瞬く間に射精感が襲ってきた。

「んぐぐ、じゅるっ、じゅぽぽぽっ」

「ハアッ、ハアッ……もうダメだ、出るっ」

予兆を感じる暇もなく、肉棒から白濁液が吐き出されていた。気持ちいい。

「んぐっ、ごふっ……ごくり」

射精の勢いにむせかける泉だが、そこは経験の差か、突然の出来事にも対応し、口中に放たれた白濁を見事飲み干してしまう。

「ハアッ、ハアッ、ハアッ」

出し切った英人は肩を喘がせながら、満足感に浸る。それからゆっくり肉棒を引き抜くと、ようやく落ち着いてものが言えるようになった。

「すみません、気持ちよくてつい――」

「いいの。すごく濃くて、美味しかったわ」

申し訳なさそうにする彼に対し、泉は労《ねぎら》うように微笑んだ。だが、その唇には受けきれなかった白濁が、わずかにこぼれているのだった。


性急な欲望を満たした英人は、ソファに座ることを許されなかった。

「そこへ寝てくださらない？」

泉は、毛足の長いカーペットに横たわるよう指示してきた。先ほどのイラマチオで終わらせる気はないようだ。

英人にも異存はない。下半身を晒した恰好で、仰向けになる。

泉もブラウスを乱し、乳房が半分がたこぼれている。だが、スカートは穿いたままだった。

「どうするんです？」

英人が訊ねると、広げた脚の間に陣取った泉がガニ股になり、足裏で肉棒を挟みつけてきた。

「おうっ……い、泉さん何を——」

「うふふ、いいこと」

彼女は笑みを漏らしながら、鈍重になったペニスを脚で弄ぶ。

竿裏がこねくり回され、英人は身悶える。

「うはっ。足でそんな」

「こういうの、お嫌だったかしら」

「ううっ、いい……気持ちいいです」

先ほどとは打って変わり、今度は泉に責められる番だった。

美熟女を前に、自分だけ局部を晒して挑発される気分は、また格別なものだ。イラマチオが牡としての支配欲を満たすとするなら、足コキ責めは、雌雄逆転した被虐の暗い欲望を刺激するものだった。

「ハアッ、ハアッ」

「ほら、オチ×チンが大きくなってきた」

泉は後ろ手をついて、足で責め立てる。

ふと英人は熟女に弄ばれる愚息に目をやった。すると、どうだろう。泉の広げた脚のせいでスカートがめくれ上がり、奥が見えていたのだ。

「……あっ」

「やっと気がついたの」

泉が不敵に微笑む。驚くことに、スカートの奥はノーパンだった。

「英人さんの目、ギラギラしてる。とてもエッチだわ」

煽り立てるようなセリフを投げかけてくる。

英人は首をもたげ、女の股間を凝視した。

「ああ、泉さんのオマ×コ。なんてエロいんだ」

スカートの影が差した股底には、濡れ光る媚肉が見え隠れしていた。

「穿いてないんですね。それに——毛がない」

「そうよ。奥までよく見えるでしょう」

泉はノーパンなだけでなく、パイパンだった。つるりとした土手には毛一筋生えていない。おかげで中身が丸見えだった。

「おおっ、すごい光景だ」

英人は片肘をついて絶景を堪能する。

すると、泉は足指を器用に使って、亀頭に圧迫を加えてきた。

「こんなに硬くしちゃって。おつゆも出てきたみたい」

「うはっ……いっ、泉さん……」

硬く芯を持った太竿は、しだいに強引な抑圧に耐えられなくなってくる。

「ハアッ、ハアッ、ハアッ」

視線の先には、丸見えの花弁がよだれを垂らし、欲望を挑発してくる。

愛撫する泉の息も上がってきた。

「それっ……んんっ、ああ、跳ね返してくる」

「泉さん、俺――」

ついに堪らなくなった英人は起き上がり、泉の上に覆い被さった。

「欲しいんだ、いいだろう？」

「いいわ。太いの、ちょうだい」

見上げる熟女の表情は、見ているだけで震いつきたくなるようだった。

「泉さんっ」

英人は堪らずスカートをめくりあげて、怒張を花弁に突き刺した。

硬直の侵入に泉は悦びの声をあげる。

「んああっ、硬いの入ってきた――」

ぬぷりと突き刺した蜜壺は、水気たっぷりに締めつけてきた。

「ああん、ステキ」

着衣のまま泉は背中を反らして身悶える。

このとき英人もシャツを着たままだった。だが、もはやそんなことに構っていられない。

「ぬおおっ、泉さん……」

片脚を抱え込むようにして、英人は腰を前後に揺さぶった。

抽送の衝撃に泉は敏感に反応する。

「はううっ……あんっ、ああっ、イイッ」

「ハアッ、ハアッ、ハアッ」

英人は何も考えられなかった。女主人の蜜壺は特別だった。真ん中が締めつけるだけでなく、奥に当たると気持ちいい凹凸があるのだ。

(これが、数の子天井というやつか)

奥を突くたび、亀頭をザラザラした表面が責め苛んでくる。

「うはあっ、ハアッ。おお、気持ちよすぎる」

「わたしも……あふうっ、もっと突いて」

「だって、泉さんのオマ×コ——おうっ」

さっき口内発射したばかりだというのに、もう次の射精感が襲ってくる。泉の秘部はそれほど名器だったのだ。

「あんっ、ああっ。英人さん、激しいわ——」

だが、泉もまた感じているようだった。身悶え、喘ぎ声を上げながら、着衣を窮屈《きゅうくつ》そうにもがき、自らブラウスを広げて乳房をまろび出させた。

プルンと飛び出た豊乳に英人が欲情し、先端の尖りにむしゃぶりつく。

「きれいなオッパイ——びじゅるるるっ」

「はううっ、あんっ。ダメぇぇ」

美麗な大人の女から出る甘え声もまた格別なものだ。英人の抽送が激しさを増す。

「うはあっ、おおっ、ぬおっ」

「ああっ、あああっ、イイッ」

下から泉も柔らかい土手を押しつけてくる。

結合部からは、ぬちゃくちゃと粘液が掻き回される音がした。

「うはあっ、ハアッ、ハアッ、ハアッ」

英人はいまや彼女の両脚を抱え、奥まで突き破らんとばかりに肉棒を叩き込む。

やがて泉の肌に汗が浮かび、うなじが赤く染まっていく。

「んああーっ、イイッ。イッちゃううう」

顎を反らし、蕩《とろ》けた目で悦楽に耽る。わななく手は行き場をなくしたようにカーペットの毛束を毟《むし》った。

「ああっ、泉さん、中につ、中に出していいですかっ」

「んああっ、来て。好きなところに、出していいのっ」

ダムが決壊したのは突然だった。

「あああっ……もうダメだ。出るっ」

反り返った肉棒が、蜜壺の中で欲望を吐き散らした。

大量の白濁を受けた泉も陶然となっている。

「んあああ……ダメ。イク……イイイーッ」

胸元に朱を散らし、蟹挟みで肉棒を引きつける。絶頂の喘ぎは喉を枯らし、長く尾を引いた。

その衝撃で媚肉がキュッと締めつけてくる。

「はうっ、ううっ」

さらに搾り取られる肉棒。呻く英人に泉の腕が絡みついてきた。

「あああっ、イイッ」

熟女の果てるさまは凄まじく、二度、三度と痙攣を伴い、繰り返された。

最後の一滴まで搾り取られた英人はがくりと倒れ込んだ。

「ハアッ、ハアッ、ハアッ、ハアッ」

「ステキだったわ。ああ、しばらくは忘れられなさそう」

泉は彼を喜ばせるようなことを言いながら、ゆっくりと体を引き抜いた。

「おうっ……」

「んはあっ」

離れるときも、絶頂で敏感になった粘膜に刺激が走った。

だらしなく口を開いた花弁から白い泡が漏れる。それは満足してよだれを垂らしているようだった。

立ち上がった泉は、スカートの裾を直しながら言う。

「まだ帰らないで。シャワーでも浴びて待っていてちょうだい」

「そうします」

夢見心地の英人は素直に従った。部屋から去りゆく泉の後ろ姿をボンヤリ眺めながら、満たされた気持ちでソファに腰を沈めるのだった。

泉に呼び出されて彼女のマンションを訪れていた有里は、一人手持ち無沙汰であった。

「豪華なベッドね。お姫様みたい」

いきなり寝室に通され、待つように指示されたので面食らったが、初めて見る本物の豪華なベッドルームに、自然と気持ちが浮きたつ。天蓋付きのベッドはスプリングも素晴らしく、彼女は子供のように上で飛び跳ねてみたりする。

また、室内には甘い香りが漂っていた。花の香りはアロマをたいているようだが、それ以外にも感じるのは泉の付けている香水だろうか。どことなく扇情的なパフュームが、部屋自体に染みついている。

「ララ〜、ンーンン〜」

有里の口から鼻歌がついて出る。心が軽かった。清彦との過去を清算し、これまで背負ってきた重荷を下ろしたようだった。

そこへ入ってくる者がいた。

「お待たせしてしまったわ」

「泉さん」

振り向く有里は、晴れやかな笑顔で迎える。

「まあ、今日の有里さんは特別綺麗だわ」

ところが、微笑み佇む泉の恰好を見て驚いた。ランジェリー姿なのだ。純白のブラにTバック、ガーターは総フリル付きで、足下にはピンヒールを履いている。ウェーブのかかった髪はざっくりとまとめ、フェミニンになりすぎがちなところを大人っぽくまとめていた。

有里は驚きつつも、年上の女を美しいと思った。

「泉さん、どうしちゃったんですか。いったい――」

「うふふ。少し頑張りすぎてしまったかしら」

泉はしなを作って歩き、ベッドにいる有里の隣に腰掛ける。

「いえ、そんな。とてもお似合いだわ」

「そう？　ありがとう。有里さんに褒めていただいて光栄だわ」

熟女からは甘くスパイシーな香りがした。部屋にも染みついている香水の匂いだ。

この時点で、有里は今日の用件が尋常ならざることを感じ始めていた。

だが、泉は決して先を急がなかった。

「ところで、こないだの清彦さんとはどうだったの？」

「ええ、おかげさまで。『しこり』はすっかり取れました」

「みたいね。有里さんの顔を見ればわかるわ」

「あたしも泉さんに伺いたいことがあったんです」

「あら。何かしら」

有里は一瞬ためらってから口を開く。

「夫は——英人は、いったいどうなっているんでしょう」

「というと？」

「いえ、喧嘩しているわけじゃなく——逆なんです。彼は最近、何かとあたしに気を遣ってくれているのはわかるんです。好物を買ってきてくれたり。あたしも以前より気に掛けるようになって……」

「ならよかったわ」

「ええ。でも……なんというか、その……」

「営みはない？」

「はい」

泉は直接的だった。それとも、夫に対しては違うのだろうか。

有里のまっすぐな目に対し、泉もはぐらかすことなく答える。

「つい今しがた、英人さんとセックスしてきたの」

「え……」

言葉を失う有里に泉は続けた。

「どうなさったの。怒ってもいいのよ」

「いえ……その……」

平然と夫と寝たと宣言する相手を前にして、不思議と有里に怒りは湧いてこなかった。むしろ戸惑いといったほうがいい。何故？　今さら？　そもそも、英人もここに来ていたの？

だが、有里は生まれ変わっていた。表情にも笑みが戻る。

「どうでした？　泉さんみたいな美人と、彼はちゃんと相手できたんですか」

「まあ……有里さんったら。可愛い人ね」

年下妻の変化に感激したのか、泉は両手で有里の手を握る。

「もちろんステキだったわ。あなたの英人さんは一人前の男よ」

「泉さんがそう仰るんなら、間違いないわね」

「あなたは本当に変わったわ――」

泉は言うと、握っていた手を離し、有里の太腿へと置いた。

「泉……さん……？」

手入れの行き届いたネイルを見つめながら、有里は固唾《かたず》を飲んだ。

熟女のしなやかな指は、太腿の内側へと滑り込む。

「女同士でしても――いいんじゃないかしら」

「そんな……」

有里は身をかわそうとするが、その抵抗は弱々しい。

やがて泉の手は内腿を這い、パンティのクロッチ部分にまで及んだ。

「あん……ダメ……」

「有里さんの体って柔らかいのね。それに、とてもいい匂いがするみたい」

泉は有里の首元に鼻を側寄せ、うなじの匂いを嗅ぎつつ、舌を伸ばして耳の裏まで舐めあげた。

「はううっ、ダメぇ。泉さん……」

有里は思わず猫なで声を上げてしまう。ゾクリとする快感が、耳の裏から全身へかけて走り抜けた。

すると、泉はさらに両手で彼女の顔を正面に向ける。

「有里さん、とても綺麗よ……」

近距離で熱っぽい視線が絡み合い、自ずと唇同士が引き寄せられる。

「ん……」

「んふう……レロッ」

唇が重なるとほぼ同時に、どちらからともなく舌が伸ばされ、唾液の混ざり合う粘着質な音が響く。

「ちゅばっ……んふぁう」

「レロッ……んむむ、じゅるっ」

互いに目を閉じ、男とするのとは違う、甘い吐息を分け合った。

「んん……んふぅ」

キスで体が蕩《とろ》けていくように、有里は背中からベッドに倒れ込む。

泉が覆い被さる形で、濃厚な貪り合いは続いた。

「んばっ、ちゅるっ。可愛いわ、有里さん」

「んあっ。泉さんも……ああん、どうしよう。女同士でこんな──」

陶然《とうぜん》となりながらも、まだ有里には躊躇があった。女子校時代に友達と冗談でしたのは、小鳥がついばむような軽いキスだった。

彼女にレズの気質はない。なのに、どうだろう。泉と交わすそれは体を火照らせ、胸を異様に高鳴らせるではないか。

「んああ、泉さん……」

「わたしに有里さんの綺麗なカラダを見せて」

まるで催眠術にかかったようだった。有里は身動きもできず、泉の手が服を脱がせていくのをボンヤリと意識していた。

ブラウスのボタンが外され、その中のブラまで取り去られてしまう。

「あぁっ……」

ついにトップまで露わになる。解放された乳首は期待に硬く締まっていた。

「有里さんの乳首、ピンク色でステキね」

なまめかしい声で泉は言うと、そっと唇で挟み、舌先で転がす。

とたんに有里はビクンと体を震わせた。

「ああん、ダメぇ……」

どこからこんな甘えた声が出てくるのだろう。有里は我ながら驚き怪しむ。

しかし、その敏感な反応は泉を喜ばせたようだ。

「お肌もスベスベで羨ましいくらい。男を狂わせるはずだわ」

そんなことを言いながら、乳房をしゃぶり、手で揉みしだくのだった。

戸惑っていた有里も、しだいに熱を帯びてくる。

「あっ、あんっ。泉さんだって、こんな大きなオッパイ」

「いいのよ。直接触ってみて」

「いいの？」

訊《たず》ねる間にも、有里は腕を回し、熟女のブラホックを解いた。

まろび出た膨らみが、二つ並んで重そうに揺れる。

「あんっ、泉さんっ」

有里は首をもたげ、やや大ぶりの尖りに吸いついた。

「ハァン、上手ぅ」

責め手だった泉が今度は身悶える番だった。胸元に食らいつく若妻の頭を抱え、自ら押しつけるようにして嬌声をあげる。

そのとき手は互いの土手を擦り合っていた。

「ああん、ああっ。いいわ」

「んふうっ、んんっ。イイッ」

感じやすい部分を慰め合い、熱い息を吐く女たち。事態がエスカレートしていくのに、もはや何も障害はない。

「もう、こんな邪魔なものは取っちゃいましょう」

やがて泉の主導で、二人とも邪魔な下着を脱いでしまう。

泉の爛熟ボディに有里は目を瞠った。

「なんてこと。まるで外国の女優さんみたいだわ」

四十路《よそじ》らしい豊満な肉体は、肩や腰の辺りにほどよく脂が乗り、女らしい丸みを帯びているが、決してだらしなくはない。釣り鐘型の重そうな乳房は、有里よりも優に二サイズは上回っているが、垂れ下がってはいなかった。

「泉さんに比べたら、あたしなんて貧弱ね。恥ずかしいくらい」

「そんなことないわ。有里さんこそ、男を狂わせる体をしているじゃない」

泉は言いながら、尖った爪先で腰のラインをなぞる。

とたんに身悶える有里。

「あふっ……ちょっと触れられただけで感じちゃう」

「もっと気持ちいいことしましょう」

年上の女は言うと、有里の足下に尻を据え、何やら複雑に脚を絡ませてきた。

「なあに、どうするつもりなの。泉さん？」

訊ねる有里も顔が期待に上気している。

左右の脚を互い違いに重ねると、互いの股間が丸見えになった。

「有里さんのアソコ、ピンク色でとっても綺麗ね」

「やだ……こんなの……」

秘部に劣情の目を送る泉に対し、有里は他人の媚肉をまともに見られない。

しかし、約束された悦びに逆らうことはできない。

「有里さんとわたしのを――女同士で繋がるの」

「ああ、泉さん……」

泉が尻をずらしながら腰を迫り上げ、互いの股ぐらを密着させた。

ぬるっとした感触が敏感な部分を刺激する。

「はううっ、ああん」

「あはっ。有里さんの、もうこんなにヌルヌル」

「泉さんこそ……あんっ、ビラビラが――」

有里の体に衝撃が走る。生まれて初めての感覚だった。同じ粘膜同士の接触でも、男に舐められるのとは、まるで別の快感が背中を突き抜けていった。

「ああっ、すごい……」

額に手を押し当て、有里は女盛りの肉体をしならせる。

かたや泉は後ろ手をつき、責めの姿勢でラビアを擦りつけてきた。

「はあん、これっ……クリが、ああ擦れちゃう」

豊満な乳房を突き上げるようにして、肉付きのいい土手を押しつけるのだった。

有里もしだいに昂ぶってくる。

「あっひ……もっと。泉さん、どうしようあたし」

「気持ちいいのね。ああん、うれしいわ。わたしも気持ちいい」

肉襞と肉襞が擦れ合い、粘液と粘液が混ざり合う。女同士の快楽は何度も高みを迎えるが、決して頂点を極めることがない。それは苦行にも似た際限のない悦楽地獄でもあった。

ゴールの見えない責め苦に、まず有里が弱音を吐いた。

「ああん、ねえお願い。最後までイカせて」

「──いいわ。ちょっと待っててちょうだい」

すると、泉はいったん離れ、サイドテーブルから何やら取り出した。

「これで一緒にイキましょう」

有里はその禍々しい形状に息を呑む。まるで二本のペニスを根元でくっつけたような形をしているのだ。

「泉さん、これって……」

「双頭ディルドといって、女同士で楽しめる玩具よ。こういうの初めて？」

「ええ、もちろん」

初日の和真とのときも玩具で弄ばれたが、これはまた別に思える。あれは男が肉棒の代わりに使うものだが、今回は女と女、責め手も責められ手もなく、互いに肉棒様の玩具を通じて、愉悦を共有するものなのだ。

「じゃあ、わたしから挿れるわね」

そう言っている間にも、泉は自らディルドの片側を蜜壺に挿入していく。

「——ああん、奥まで入っちゃった」

「パックリ咥え込んで……なんていやらしいの」

「ほら、こっちを有里さんも挿れるのよ」

土手を突き出す泉は、まるで股間からペニスが生えているようだ。

有里も恐る恐る割れ目を近づけていく。

「こっちから——大丈夫なのかしら」

「大丈夫、全部入るわ」

ペニスの生えた熟女が妖艶に微笑むさまは、この世ならぬ凄艶さがあった。

ついに有里の花弁が、先端部を呑み込んでいく。

「はうう……んっ。入ってきた」

一瞬冷たいかと覚悟するが、挿れてみるとヒヤリとする感じはなかった。シリコンで覆われているせいだろうか、適度な抵抗とともに牝汁に包まれた硬直が侵入してくる感じとそっくりに思われた。

「ああ、すごい。有里さん見て。わたしたち繋がってるのよ」

「やあん……なんだか変態になったみたい」

「変態でいいじゃない。気持ちよければ――」

泉は言うと、ふいに腰を揺さぶり始めた。

有里の蜜壺の中で肉棒が暴れる。

「はううっ。ダメ……急に動かしちゃ」

「だって……ああっ、欲しいのよ」

泉は腰を前後に動かした。すると、ぬちゃくちゃといやらしい音が股間から鳴り響く。

その反動は有里にも影響した。

「あっは……ダメぇ。あんっ、感じちゃう」

泉のせいで自分の股間でもディルドが動いてしまうのだ。まるで男に突かれているみたい。有里は高まる愉悦に浸りつつ、密かに思うのだった。

やがて泉は体を起こし、ディルドでさらに奥を刺激する。

「あんっ、ああん。有里さんも起きて」

「はうぅっ、ああっ。あたしもう――」

女同士で得られるのは純粋な快楽だった。有里は身悶え、頭が真っ白になりながらも、熟女の要求に応えて上体を起こす。

すると、すかさず泉が抱きしめてきた。

「こうやって……ね。一緒にイキましょう」

「ええ、いいわ。一緒にイキましょう」

熱い視線が一瞬絡み合うと、すぐに舌の貪り合いが始まった。ねちょくちゃと唾液を絡ませ合っては、愛情込めて唇を食《は》むのだった。

「ああっ、ハァン、あふっ、ああっ」

「イイッ。んっ……あふうっ」

双方のグラインドも小刻みになっていく。ゆったりとしたスイングで始まった双頭ディルドは、女たちが昂ぶるにつれ、生きたもののように暴れ出した。

先に限界を迎えたのは、やはり有里のほうだった。

「あっひぃ……ダメ。イク、イッちゃううぅっ」

グッと肩を抱き寄せ、一瞬縮こまったかに見えたが、汗ばんだ肌にはところどころ朱が浮かび、次の瞬間には背中を反らして絶頂を極める。

「あはあ、ダメぇぇぇ……」

目をうっそりと閉じ、口を半《なか》ば開いた姿は、純粋な受容体と化していた。女として生まれ、女としての悦びを頂点まで味わい尽くすまでは死ねない、といった案配だった。

かたや経験豊富な熟女の絶頂も凄絶を極めていた。

「あううっ、あうん。イイッ、イイッ、イックうううーっ」

短時間に二度三度と絶頂し、その都度下腹の肉も痙攣するのだ。

蠕動は二人の女を頂点の彼方へと吹き飛ばす。

「はひいっ、イイッ。また……」

「あんっ、ああっ、あああっ」

倒れ込んだときには、有里はもはや何も考えられなかった。これが女同士なのだ。そのつもりなら、まだ何度でも果てられそうだった。

やがて泉は、余韻《よいん》たっぷりの優雅な仕草でベッドから降りた。

「素晴らしかったわ、有里さん。じゃあシャワーを浴びて、ここでしばらく待っててちょうだい」

「はい……そうします」

指で顎を撫でられながら言いつけられ、有里はまだ目を潤ませつつうなずいた。


応接室で寛ぐ英人のもとへ泉が顔を出した。

「似合うじゃない。そのバスローブ」

「あ、泉さん。いやあ、あまり着慣れないもので」

シャワーで汚れを流した彼はさっぱりしていた。驚きなのは、この家には応接室にもユニットバスが隣接していることだ。

泉もランジェリー姿に例のガウンを羽織っただけだった。

(エロい恰好だけど、さっきとは違う下着だな)

英人の視線は熟女のたわわな膨らみを見ている。しばらく待たされたのは、このお色直しと自分が休憩をとるためだったのだろうか。

彼はおもむろに立ち上がり、背後からさりげなく乳房を撫でた。

「俺なら、もう復活していますよ。もう一回しますか」

すると、意外なことに泉は身をかわしたのだ。

「それはよかったわ。でも、ここではダメ」

「え。いいじゃないですか、ここでも」

もはや以前の英人ではない。彼女のような美熟女につれなくされても、少々ではめげなくなっていた。

だが、相手はさらに上手だった。

「ね、いい子だから、こっちにいらっしゃい」

子供に諭すように言うと、部屋のドアを開けて先導するのだった。

結局、色香に誘われ、素直に従う英人。案内されたのは、初日に美佳と交わった寝室だった。

(なるほど、二回戦はベッドでじっくりというわけだな)

鼻息荒くベッドに飛び乗る英人だが、泉は立ったままだった。

「じゃ、すぐ来るから待っててちょうだい」

「え。泉さん……」

英人が問い返す暇もなく、泉はそのまま部屋から出て行ってしまった。

「なんだよ。また待つのか」

一人残され、手持ち無沙汰になり、天蓋を見上げる。

初めてここを訪れてから、まだ数週間にしかならない。だが、英人にとっては濃い経験の連続で、多くの気づきと学びがあった。

その一つが、自分でも意外だった持続力である。

(もうトシかと思っていたけど、そんなことはなかったんだな)

しみじみ思いながら、我が股間を見つめる。さっきまで萎《しお》れていたのに、また泉とできると思って、期待に膨らみ始めていた。

「まったく現金なヤツめ」

イタズラ坊主を叱るように言いつつ、自分の精力に満更でもない。

妻に対する見方もそうだ。不倫サークルに通う前は、有里にすっかり性欲がなくなってしまったように思っていた。

だが、違うのだ。彼女は和真の玩具に身悶え、しかもどうやらあの後もう一度泉のもとを訪ねたらしい。そのこと自体は自分も同じなので、責める気はない。問題は、三十六歳の妻は性欲ならまだ十分にあるとわかったことだ。

結局は、互いが互いを飽きてしまったと勝手に思い込んでいたらしい。

ふと脳裏に浮かぶのは、出会った頃の妻だった。

当時主任になり、得意先の一地域を任された英人は張り切っていた。仕事が面白くなり始めた頃で、数人だが部下も持つようになっていた。

そんな三十歳手前の英人の前に現れたのが有里だった。

「お世話になっています。霧島です」

「いらっしゃいませ、霧島さん。今日も暑いですね」

英人が訪問すると、有里はいつも笑顔で出迎えてくれた。その笑顔が眩しくて、いつしか彼は恋に墜ちていたのだった。

（あの頃は、すべてが輝いて見えたな――）

などと物思いに耽っていると、入ってきたのとは別の扉から人が現れた。

「有里……？」

「英人、どうして……？」

シャワールームから出てきたのは、バスタオルを巻いただけの有里だった。髪は洗わずまとめていたらしく、毛先だけが濡れて束になっていた。

英人は驚いてベッドに身を起こす。

「来ていたのか」

「ええ。あなたも、ここだったのね」

有里も驚いたのだろう。ドア口に立ったまま動かない。

思わぬ場所での夫婦の邂逅《かいこう》。この日は、それぞれが別の用事を言って外出したのだった。泉に呼び出されたことは内緒にしていた。

しかし、英人は気にしていなかった。それどころではなかったのだ。

「こんなに綺麗だったんだ……」

風呂上がりの妻に見とれていた。毛先は濡れ、まとうものといえばバスタオル一枚。化粧すら皮脂が浮いて崩れかけているが、それでも有里は有里だった。

肌も露わな肩は華奢《きやしや》で、細身の体はしかし腰からのラインが女らしい。艶やかな太腿は丸々した尻を連想させ、締まった脹ら脛と足首がコントラストを描いている。

「有里、俺は――」

英人は無意識のうちに立って、妻のほうへ歩んでいった。

待ち受ける有里も、まっすぐに夫を見つめている。

「英人……」

瞳は潤んでいた。その目は結婚を決めたとき、すなわち彼が運命の人だと初めて覚《さと》ったときと同じ輝きを放っている。

さらに側寄る夫に対し、妻の視線は股間にも向けられる。

「それ――あたしに欲情してくれているの」

「決まっているだろ。俺の目にはお前しか映っていない」

「あなた。英人さん――」

有里は愛しい名を呼びかけると同時に、はらりとバスタオルを落とした。

すると、英人がこれまで十年間愛し、慈《いつく》しんできた肉体が露わとなった。

「有里っ」

思わず駆け寄り抱きしめる英人。有里は唇を重ねてきた。

「英人……んん」

「ふぁう……レロッ」

熱を帯びた舌が伸び、絡み合う。激しいダンスは互いを知っているからこそ、痒いところに手が届いた。

「んふぁ……ちゅるっ。おお、有里」

英人は夢中で舌を動かしながら、手にフィットする乳房を揉みしだく。

とたんに有里は身悶えた。

「ふぁうっ、んっ。ちゅるるっ、英人」

呼吸を荒らげながら、夫の頼もしい背中をまさぐった。

二人はそうして絡み合いながら、ベッドへとなだれ込んでいく。

「――ああっ、あなたっ」

「有里いっ」

柔らかいスプリングが沈み込み、英人が覆い被さる形になる。

「ハアッ、ハアッ」

息も荒く、英人は彼女の首筋に舌を這わせた。

舌の這い上る感触に、有里はビクンと体を震わせる。

「ハウン、ああっ。くすぐったいよう」

「うう、とってもいい匂いだ」

「いい匂いする？」

「ああ、たまんないよ」

「英人ぉ」

首を反らせた有里は喘ぎつつ、伸ばした手で肉棒を握り締めてきた。

「もうこんなに大きくなってる……」

呟きながら逆手に扱きだしたため、英人は身悶える。

「はうっ。有里……ダメだよ、そんなに強く扱《しご》いちゃ――」

「ああん、だってぇ。あなたが好きなんだもの」

劣情のなか、思わず漏れた妻の言葉が、夫のリビドーを駆り立てた。

「うおおっ、有里ぃっ」

唸るような声をあげ、英人は乳房にしゃぶりつく。

尖った先に吸いつかれ、有里は悩ましい声をあげる。

「あううっ、そこ……感じやすいの」

「知ってるよ。乳首を――こうして咬《か》むと、もっといいんだろう？」

言いながら英人は乳首に歯を立てる。

「ああん、ダメぇ。はうっ……」

とたんにビクンと顎を跳ね上げる有里。互いのどこが感じやすいか、夫婦だからこそすべて知り尽くしているのだ。

だが、興奮は新しかった。不倫サークルで夫婦がそれぞれ別の相手と交わり、自分の秘めた性癖や過去のしこりを見つめ直し、互いの知らなかった面を知ったことで、改めて忘れかけていた伴侶の魅力を思い出させてくれたのだ。

英人は我を忘れ、有里の脇下から足指の先まで舐め回した。

「ハアッ、ハアッ。レロッ……びじゅるるるっ」

「ああっ、イイッ。ああっ、すごいぃぃ」

妻は妻で、夫の口舌奉仕に悦楽を感じている。眉間にしわを寄せ、ときおり切ない声をあげながらも、その表情は女としての誇りと輝きに満ちていた。

あたしは愛されている。全身が叫んでいるようだった。

「あんっ、もっと。あはあっ、イイッ」

盛んに喘ぎつつ、自らの悦びへと導いていく。有里の太腿は、まるで意思を持ったかのごとく開いていった。

おのずと女壺が露わとなった。

「すごい。ビチョビチョじゃないか」

英人はめざとく見つけ、股間に顔を埋めてしまう。

「ベロッ、じゅるるっ。うーん、美味い」

「やあん、英人──そこは……ああっ」

誘導した場所に夫が辿り着き、有里は満足した声を出す。

有里のそこは花弁が捩《よじ》れ、蜜があふれ出していた。深呼吸すれば、ボディソープの香りの奥から牝の生々しい匂いがただよってくる。

英人は大口を開いて裂け目ごとしゃぶった。

「びじゅるるっ、レロッ。おお、有里のオマ×コ」

「んああっ、英人のベロベロ。上手、もっとして」

「いくらでも……べろっ。大好きだもの」

「ああん、うれし……あふっ、イッちゃうかも」

「いいよ。イッてごらん。イクまで舐めてあげる」

「ああん、ダメえええっ」

有里が叫んだのは、英人が肉芽を舌で押しつぶしたときだった。

さらに英人は尖りを思い切り啜りあげる。

「びじゅるるるっ、ちゅばっ」

「はうう……あんっ、ああっ、イイッ、イイッ——イクううううっ」

有里は突然万力のような力で腿を締め上げ、腰をすくい上げるようにしゃくったかと思うと、そのまま目を剝いて絶頂していた。

「あっ、あっ、ああ……ダメ……」

そして目眩するように崩れ落ち、ばったり脚を投げ出すのだった。

口の周りをベトベトにした英人が顔を上げる。

「ハアッ、ハアッ、ハアッ。イッちゃったね」

「うん。イッちゃったみたい」

舌でイカせた英人は、ひと息つくためヘッドボードを背もたれにして、妻の横たわる隣に尻を据えた。

「だけど、驚いたな」

「泉さんが、あたしたちを引き合わせてくれたのよ」

有里は満足げに夫の太腿に寄り添う。

だが、彼が言ったのは別のことだった。

「じゃなくて、俺たちのことさ」

「どういう意味？」

有里が首をもたげて夫を見上げる。

見つめ返す英人の表情は和《やわ》らいでいた。

「俺たち——俺は、有里がもう俺に飽きてしまったんじゃないかと思っていたんだ」

「そんなこと——」

「いや、君のせいじゃない。だって、俺自身そう思い込んでいたんだから」

「あたしに飽きた、って？」

憂い顔の夫を見て、妻はわざと怒ったふりをして、太腿をつねってみせた。

「酷いこと言うのね」

「ちがうんだよ、それが思い込みだったたって言っているんだ。だって、俺は有里がほかの男とその……つまり、すごく胸が苦しかったもの」

慌てて弁解する彼が愛おしく、有里は思わず破顔一笑した。

「バカね、冗談よ。本当はあたしも同じ気持ち」

「本当に？」

「ええ。あなたが大好き。あなたのここも」

彼女は言うと、おもむろに肉棒をつかみ取ってきた。

「うっ……どうしたんだよ、突然」

「うふふ。どうして欲しい？」

英人が見ている間に、有里はゴロンと転がり、脚の間で匍匐《ほふく》前進の姿勢となる。

指先でつまみ上げられ、ペニスはゆっくりと膨らんでいく。

「おお、興奮してきた」

「今度はあたしが舐めてあげるね」

行き着く先はわかっていた。だが、ちょっとしたやりとりと駆け引きこそが、夫婦にとって必要なことだった。

有里が体を迫り上げて、亀頭をパクリと咥えた。

「んむう」

「ほうっ……いきなり……」

仰け反る英人に対し、有里のフェラは容赦なかった。

唇の裏で竿肌にしゃぶりつき、唾液の音を立ててストロークを加える。

「んふうっ、じゅるっ、じゅるるっ」

「お……おうっ、有里。そこ、気持ちいい」

みるみるうちに太茎には血管が浮かび上がり、硬くそそり立ってくる。

有里の吸引にも力がこもった。

「んぐっ、じゅぷっ、じゅぷぷぷっ」

肉棒の味を堪能しながらも、彼女はときおり上目遣いに夫を挑発してきた。

見下ろす英人も感無量だった。

「おお、有里。ずっと憧れだった有里が、俺のチ×ポを美味そうに吸ってる」

「んふうっ、ああだって……そうしたくなるんだもん、英人のオチ×チン」

「そんなに男のチ×ポが好きかい？」

「うん……ううん。好きなのは、こ・れ・だ・け」

有里は一語ずつ区切りながら、その都度竿肌に口づけした。

結婚十年して今もなお、そんな愛らしい真似をしてみせる妻。英人は愛おしさで胸一杯になり、堪らず彼女の顔を上げさせた。

「ああ、有里っ。もう我慢できないよ、君が欲しい」

「いいわ。なら、あたしが英人の上に乗る」

「え……」

驚いて見ていると、有里は起き上がり、投げ出した彼の腿に尻を据えた。

「こうしたら、あなたの顔を見ながらできるでしょ？」

「ああ、いいね」

英人が妻の腰を両手で支え、有里は硬直の真上に来るよう、慎重に尻の位置を決めていく。

最後は後ろ手に肉棒をつかみ、濡れた花弁が上から覆い被さった。

「はうう……きた」

「おうっ、ぬるっと入る」

まさに誂《あつら》えたようにピッタリだった。肉棒と蜜壺は、最初からそうなるべくしてそうなったという感じだった。

尻を据えた有里が充溢感にうっとりとする。

「ああっ、あたしの中が英人でパンパン」

受ける英人も悦楽の表情を見せる。

「ううっ……有里の中、こんなに暖かかったのか」

こうしてついに夫婦が和合を果たしたのは、実に久しぶりのことだった。

たしかにそれ以外の日常でも、夫婦の絆は感じられるかもしれない。だが、互いに相手を一生の伴侶と決めたからには、心身ともに繫がり合わなければ、夫婦生活の本当の喜びは得られないのではないだろうか。

やがて有里が腰の上でゆっくりと動き始めた。

「あんっ、ああっ、イイッ」

「ハアッ、おおっ、ハアッ」

ぬちゃりくちゃりと音を立てながら、結合部からは牝汁に濡れた太茎が姿を現す。

英人も下でしっかりと妻を支えつつ、肉棒に走る媚肉の感触を味わっていた。

「ハアッ、ハアッ。おお、中で擦れる……」

決して性急にならず、蜜壺の細かな凹凸まで感じようとした。これが初めての女なら、とにかく貪ることに熱中していただろう。相手が長年連れ添った妻だからこそ、慎重にことを運び、奥底まで極めようとすることができるのだ。

それは有里にとっても同じだった。

「あふっ……ああっ、ステキ……」

だが、感じ方は少し異なる。蜜壺は肉棒の形を記憶していた。最近二人の男たちと交わったあとで、英人の肉棒は彼女に懐かしさの感情を駆り立てた。

(やっぱりこの人じゃなきゃダメなんだわ)

そのような確信が、全身の性感帯を根底から呼び覚ますのだ。

「んああーっ、イイーッ」

昂ぶった有里の腰使いが激しくなる。夫の肩を支えにし、尻を上下に大きく揺さぶり始めた。

これには英人も堪らない。

「ほうっ、有里。いきなり激しい――」

「ああん、だって。止まらないんだもの」

「くうっ……」

恥骨を叩きつけられるたび、肉棒は中で悦びの先走り汁を吐いた。

「有里ぃっ、うう……」

身悶える英人だが、懸命に求めるのは妻の唇だった。

有里も気付いて舌を伸ばしてくる。

「ああん、英人ぉ──」

「んちゅ。レロッ」

無我夢中で相手の口内をまさぐる。英人は妻の顎の裏を舐め、歯の並びを数え、下唇を啜りあげた。

「びじゅるるるっ、じゅぷっ」

「ふぁう……あむ。ちゅるっ、じゅぱっ」

上と下で繋がった二人は、互いの体液塗れになって擦れ合う。

ここで動いたのは英人だった。

「今度は後ろから──バックでハメさせてくれ」

「う……うん、いいよ」

「じゃあ、後ろ向きになって」

すると、有里も渋々結合を解き、ベッドの上に四つん這いになった。

背後に回った英人は、たっぷりした尻っぺたを撫でる。

「綺麗なお尻。俺、有里のお尻が大好物なんだ」

「やだあ、あたしの大きいでしょ」

英人が好む女らしい尻だが、本人は気にしているらしい。

「形が丸くて色っぽいんだよ。それにこれ――アヌスも綺麗だし」

彼は言うと、指に唾をつけて菊門を捏ねまわした。

「ひゃうっ。やめて」

有里が思わず悲鳴を上げる。しかし、本気で嫌がっている風ではない。

改めて英人は硬直を捧げて、両手で尻たぼを押し開く。

「いくよ」

「きて」

丸見えのラビアは濡れ光っていた。このオマ×コにあと何回挿れられるだろう。英人は意気込んで肉棒を突き刺した。

「はうっ……おお、これまた締まる」

「あんっ、奥に当たる」

肘をついた有里の背中が描くアーチが美しい。華奢な体は腰のくびれを強調し、その分突き出た尻の偉大さが、見事な曲線を描いていた。

昂ぶる英人は腰を振り始める。

「うはあっ、ハアッ、おお……」

「あんっ……んはあっ、イイ……」

受け手に回った有里も、夫の力強い抽送に悦びの声をあげる。

しだいにリズムが整ってくると、肉と肉がぶつかり合う、ぺたんぺたんという音が鳴った。

「ハアッ、ハアッ。ぬおお……き、気持ちいい」

繰り出される肉棒は、蜜壺の中で際限なく膨らんでいくようだ。英人はこめかみから汗を垂らし、全神経を集中して抽送に励んだ。

かたや有里は手足で懸命に体を支え、媚肉を抉られる快感に耐えている。

「んああっ、イイッ。あなたっ、いいわ」

シャワーで清めたはずの肌にはまた汗が噴き出し、眉間に皺を寄せて、口から熱い喘ぎを漏らしていた。

「ハアッ、ハアッ、ハアッ、ハアッ」

「あんっ、ああっ、あふうっ、イイッ」

夫婦の息遣いはタイミングを合わせていく。意識したものではない。それぞれに悦楽を貪っているだけなのだが、その悦び方が、いつの間にか互いに似たものへと収束していったのだった。

やがて蜜壺が荒ぶるように蠢きだした。

「あひっ……ああ、あたし、もうダメかも」

「うう、俺も……。このまま出していいかな？」

「ダメ。最後は……あんっ、普通にして」

実は英人も限界が近かったのだが、今日くらいは妻の頼みに応じたい。何しろ霧島夫妻にとって、この日は夫婦生活の第二幕が開いた記念日なのだ。

「わかった」

彼は言うと、肉棒を抜いて有里が仰向けになるのを待った。

夫を見上げる妻は輝いていた。

「きて。あなたを全部ちょうだい」

「ああ。有里、愛しているよ」

「あたしも。英人を愛してる」

諸手を差し伸べる有里に向かって、英人は屹立を振りたて突き入れた。

「うはっ、これだよ、これ」

「ああっ、あたしの英人」

互いを正面から見据え、愛する者同士は一つになった。

もはや英人の劣情を抑えるものはない。

「行くぞっ。うらっ……ハアッ、ハアッ、ハアッ」

「あんっ、いきなり──んっ、イイッ、あっ、ああっ」

のっけから抽送は激しく、助走からラストスパートへは地続きだった。

「ハアッ、ハアッ、ハアッ、ハアッ」

「あっ、あんっ、ああっ、イイッ」

すでに蜜壺は牝汁であふれかえり、掻き回された粘液が白く濁って花弁からしたたり落ちている。貪る下の口が垂涎《すいぜん》しているようだった。

肉棒ももはや限界だった。先走りは吐き尽くし、代わりに陰嚢の裏から欲望の塊が押し寄せてくる。

「ぬおおっ、ハアッ、ああ、もうダメだ──」

カリ首辺りが突然敏感さを増したようになり、肉襞の凹凸の一つ一つまでが感じられる。元栓を閉めておくのは無理なようだ。

英人は最後の力を振り絞って突き込んだ。

「ふわああっ、有里いっ。出るぞっ」

「んああっ、きてぇ」

「ううっ、出るっ」

呻くと同時に、肉棒から熱い白濁が放たれた。

するとどうだろう。受け止める有里も、その瞬間に体を強《こわ》ばらせたのだ。

「イイイーッ……ダメッ、イクッ、イクううーっ」

ぐぐっと四肢を突っ張らせ、白い喉を曝け出して身悶える。胸元には朱を散らし、乳首をピンと勃て、背中を思い切り反らして絶頂の喘ぎを漏らした。

「ううっ、また締まるっ……!」

その反動で肉棒の最後の一滴が搾り取られる。英人は自分の中身が吸い取られたかに感じる。

かたや有里の絶頂は長く続いた。

「あっ、あっ、あっ。ダメ、また……」

体の各所をビクンビクンと震わせながら、この官能を少しでも味わいたいとでもいうのか、太腿をギュッと締め付けるのだった。

「ああ、イイ……」

「ハアッ、ハアッ、ハアッ、ハアッ」

そしてようやく波が引いたと思った頃、英人はゆっくりと体を引き離した。

ところが、二人が離れた瞬間、また「あれ」が起きたのだ。

「あ……ダメ、見ないで――」

有里が口走ったときには遅かった。潮が股間から噴き出したのだった。

驚きの目で見守る英人。

「あ……あ……」

「ああ……」

かたや有里は諦めの息を吐く。

英人にとっては初めて見る光景だった。これが潮吹きというものか。女が極度に絶頂しないと起こらないと言われているが、すると、俺は有里を激しくイカせられたということになる。

久しぶりの夫婦和合を済ませた二人はおだやかな気分だった。揃ってバスルームへ行き、イチャつきながらシャワーで互いの汚れを流し合った。もう大丈夫だろう。十年目の危機は無事脱したのだ。

霧島夫妻が服を着直してリビングへ向かうと、泉が満面の笑みで待ち構えていた。

「そのご様子だと、もうすっかりいいみたいね」

「ええ、おかげさまで。妻に惚れ直しました」

英人が満足げに言うと、泉は高らかに笑った。

「まあ、なんてステキな言葉。有里さん、ちゃんと聞いた？」

「はい。あたしも夫を愛していますから——それで、あたしたち話し合ったんですけど、もうここへは来ないつもりなんです」

確信に満ちた妻の宣言を受け、英人もフォローする。

「勝手なことを言って申し訳ありません。でも、俺たちにはやっぱりこういうのは合わないと思って」

泉は二人が口々に言うのを黙って聞いていたが、やがて感慨深げに言った。

「それは残念だわ。やっと仲良しになれたと思ったのにね——。けれども、しかたないわね。ご夫婦が一つになれたんだから」

「すみません。泉さんには感謝しています」

「お茶ならいくらでもご一緒したいと思っているんですよ」

こうまで夫婦束になってかかられては、さすがの泉も返す言葉もない――かと思われたが、最後になって彼女らしい別れ際を見せた。

「では、本日付で英人さんと有里さんご夫婦の退会を認めます」

「ありがとうございます」

「ただ――」

「なんですか、泉さん？」

「いえ、サークルじゃなく今後は、個人同士のお付き合いをするのはいかがかしらと思って。うちの人も喜ぶと思うの。英人さんに紹介したのも、そのつもりだったんだわ」

なんと不倫サークルを紹介してくれた上田医師は、実は泉の夫だったのだ。開業医で稼いだ金をマンションに注ぎ込んでいたらしい。

泉も、小比類巻という旧姓を名乗って、不倫サークルの主催者を楽しんでいるのだという。この夫あってこの妻あり、といったところだろうか。

泉宅を辞した後、英人と有里は互いの驚きを報告し合いつつ帰路についた。

「ところで、今日は帰ったらまたしないか？」

「うん。やっぱり家が一番だもの」
夫婦が見交わす目に、もはや陰りは見えなかった。

（了）

※本作品はフィクションです。作品内に登場する
団体、人物、地域等は実在のものとは関係ありません。

人妻肉林《ひとづまにくりん》サークル
〈書き下ろし長編官能小説〉
2020年9月14日初版第一刷発行

著者……………………………………杜山のずく

デザイン………………………………小林厚二

発行人…………………………………後藤明信
発行所…………………………株式会社竹書房
〒102-0072　東京都千代田区飯田橋2－7－3
電　話：03-3264-1576（代表）
03-3234-6301（編集）
竹書房ホームページ　http://www.takeshobo.co.jp
印刷所……………………中央精版印刷株式会社

定価はカバーに表示してあります。
乱丁・落丁の場合は当社までお問い合わせください。
ISBN978-4-8019-2395-9 C0193

竹書房ラブロマン文庫　近刊目録

好評既刊

長編官能小説 欲情ハーレム病棟
桜井真琴 著

美熟の女医から清楚なナース、人妻受付嬢まで、病院内の女たちが淫らに発情！　蜜楽の入院ハーレムロマン。

660円＋税

長編官能小説 全裸村へようこそ
北條拓人 著

青年が訪れた村は、外を歩いても宿にいても美女たちがご奉仕してくれる快楽の桃源郷…。媚肉ハーレム長編！

660円＋税

長編官能小説 相部屋アパート
河里一伸 著

自室に住めなくなってしまった青年は美人管理人、お隣の熟女たちの部屋を泊まり歩き、快楽の夜を過ごす…！

660円＋税

長編官能小説〈新装版〉 たかぶりマッサージ
美野晶 著

青年は性感マッサージでアスリート美女を発情させ媚肉をねっとり味わう…。誘惑ロマンの傑作が新装で登場！

660円＋税